文庫書下ろし／長編時代小説

血路

鬼役 十

坂岡　真

光　文　社

この作品は光文社文庫のために書下ろされました。

目次

※巻末に鬼役メモあります

幕府の職制組織における鬼役の位置

- 将軍
  - 大老（臨時で置かれる）
  - 老中
  - 京都所司代
  - 側用人
  - 大坂城代
  - 寺社奉行
  - 奏者番
  - 若年寄
    - 書院番頭
    - 小姓組番頭
    - 林大学頭
    - 小普請奉行
    - 西丸留守居
    - 百人組頭
    - 新番頭
    - 目付
    - 徒頭
    - 小納戸
    - 奥右筆組頭
    - 表右筆組頭
    - **膳奉行**
    - 賄頭
    - 小石川御薬園預
    - 鳥見
    - 大坂定番

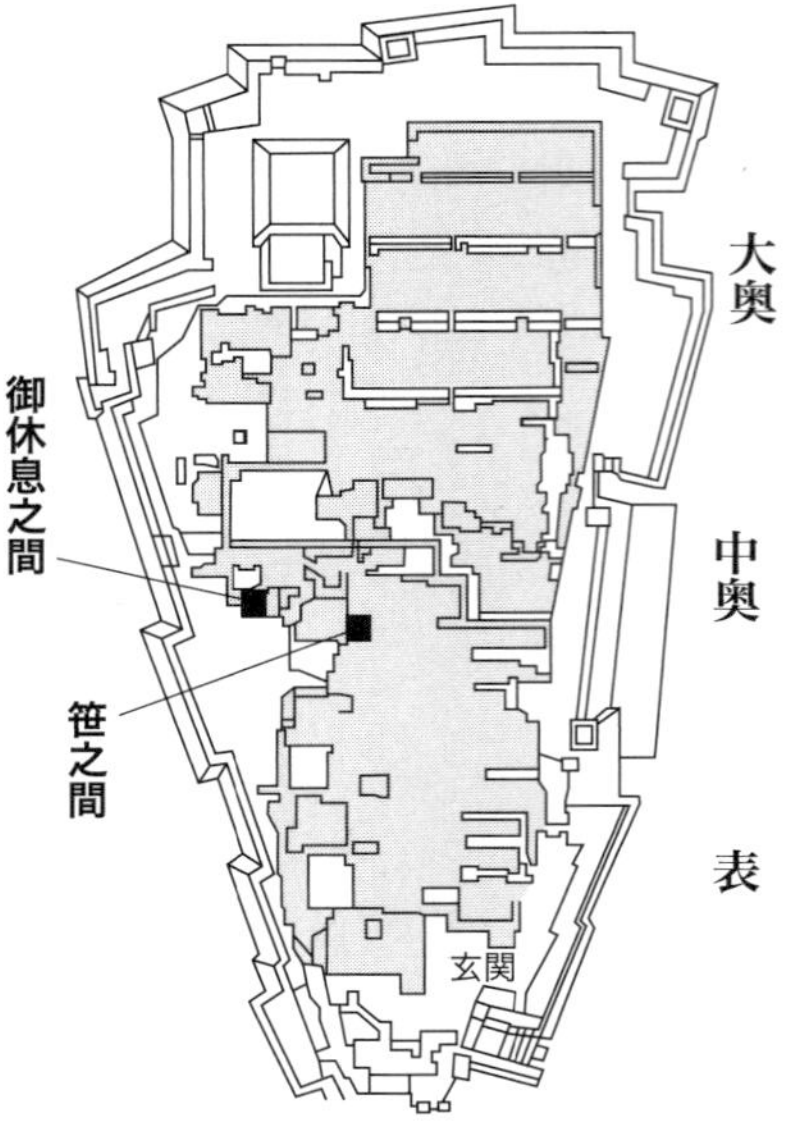

鬼役はここにいる！

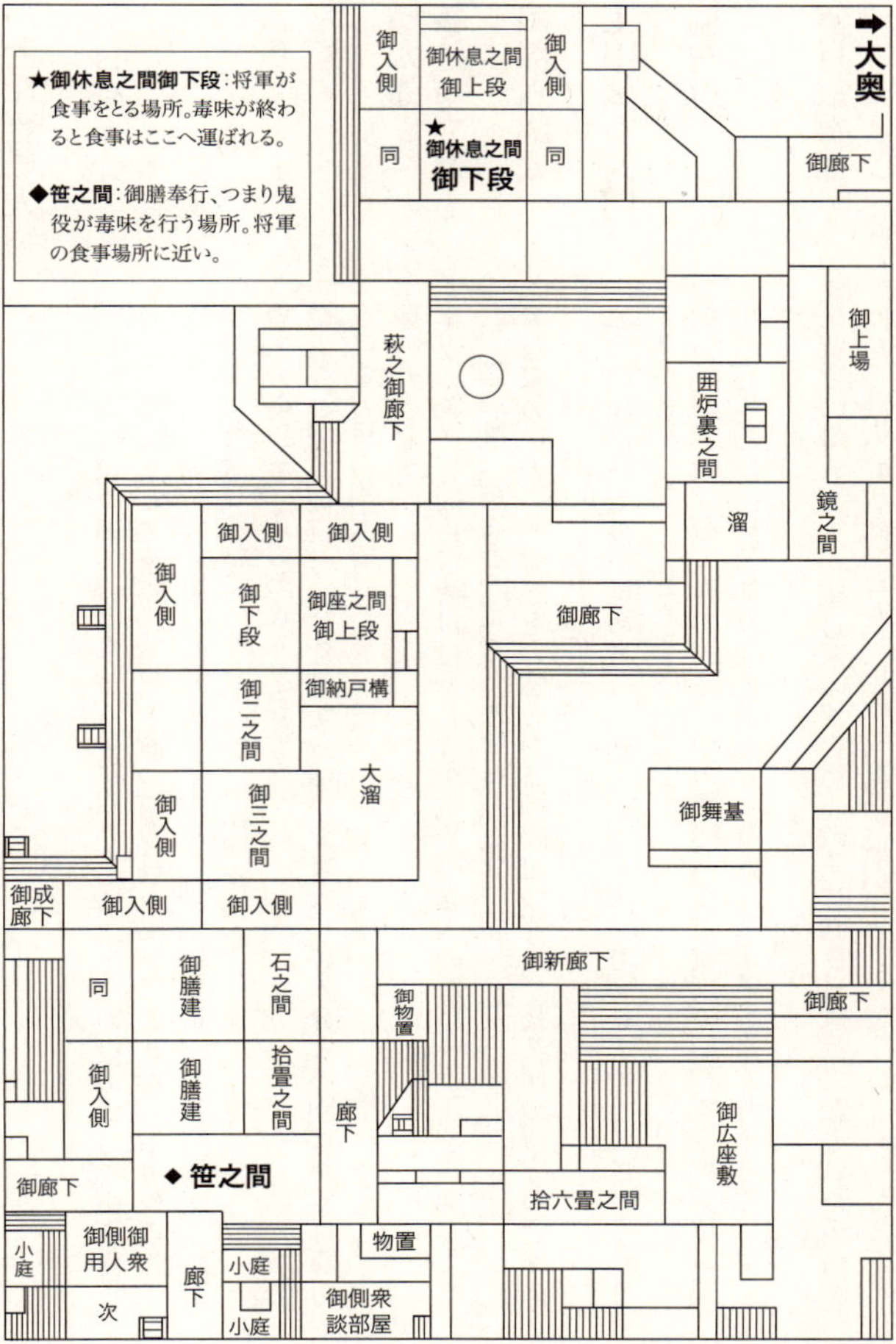
★御休息之間御下段：将軍が食事をとる場所。毒味が終わると食事はここへ運ばれる。
◆笹之間：御膳奉行、つまり鬼役が毒味を行う場所。将軍の食事場所に近い。
→大奥
御入側
御休息之間
御上段
御入側
同
★御休息之間
御下段
同
御廊下
萩之御廊下
囲炉裏之間
御上場
溜
鏡之間
御入側
御入側
御入側
御下段
御座之間
御上段
御廊下
御納戸構
御二之間
大溜
御舞台
御入側
御三之間
御成廊下
御入側
御入側
御新廊下
同
御膳建
石之間
御物置
御廊下
御入側
御膳建
拾畳之間
廊下
御広座敷
◆笹之間
御廊下
拾六畳之間
小庭
御側御用人衆
廊下
小庭
物置
次
小庭
御側衆談部屋

主な登場人物

矢背蔵人介……将軍の毒味役である御膳奉行。またの名を「鬼役」。お役の一方で田宮流抜刀術の達人として幕臣の不正を断つ暗殺役も務めてきたが、指令役の若年寄・長久保加賀守に裏切られた。その後、御小姓組番頭の橘右近から再び暗殺御用を命じられているが、まだ信頼関係はない。

志乃……蔵人介の養母。薙刀の達人でもある。

幸恵……蔵人介の妻。徒目付の綾辻家から嫁いできた。蔵人介との間に鐵太郎をもうける。弓の達人でもある。

鐵太郎……蔵人介の息子。

綾辻市之進……幸恵の弟。真面目な徒目付として旗本や御家人の悪事・不正を糾弾してきた。剣の腕はそこそこだが、柔術と捕縄術に長けている。

串部六郎太……矢背家の用人。悪党どもの臑を刈る柳剛流の達人。長久保加賀守の元家来だったが、悪逆な遣り口に嫌気し、蔵人介に忠誠を誓う。

土田伝右衛門……公方の尿筒持ち役を務める公人朝夕人。その一方、裏の役目では公方を守る最後の砦。武芸百般に通じている。

橘右近……御小姓組番頭。蔵人介のもう一つの顔である暗殺役の顔を知る数少ない人物。若年寄の長久保加賀守亡きあと、蔵人介に正義を貫くためと称して近づく。

望月宗次郎……矢背家の隣人だった望月家の次男坊。政争に巻き込まれて殺された望月左門から蔵人介に託された。甲源一刀流の遣い手。

そのほかの登場人物

家慶……………第十二代将軍。第十一代将軍家斉のあとを受けて、最近、将軍となる。

家斉……………第十一代将軍。家慶の父。最近、家慶に将軍位を譲ったが、自らは大御所として西ノ丸から睨みを利かせている。

桜木兵庫………鬼役の相番。酒樽並みに肥えている。

水野越前守忠邦…老中。以前、蔵人介に登城の途中、助けられたことがある。

古木助八………傅役として家慶の幼いころからずっとそばについてきた。

松岡九郎左衛門…八王子千人同心の組頭十人の筆頭。以前、蔵人介が松岡の弟の死をみとったことがきっかけで知り合いとなる。

猿彦……………八瀬童子。蔵人介の養母・志乃と付き合いは古く、志乃のことを「叔母上」と呼ぶ。怪力・俊足の持ち主で、蔵人介が助けられたことがある。

岩間忠兵衛……甲源一刀流・岩間道場の主。以前、蔵人介が岩間の道場へ息子・鐵太郎を通わせようとしていた。

岩間濃…………岩間忠兵衛の娘。蔵人介の息子・鐵太郎が以前、一目惚れした。

曽根房五郎……金山衆の元締め。岩間忠兵衛に娘を嫁がせており、以前、蔵人介とも面識がある。

高橋大吉………矢背家の居候となっている望月宗次郎の幼馴染み。

高橋佳奈………高橋大吉の妹。望月宗次郎とも幼馴染み。以前、騙されて勘定奉行に囚われの身となり、蔵人介が助け出した。

鬼役 十

血路

公方首《くぼうくび》

一

「……く、公方様の」

首が飛んだ。

蒼天《そうてん》に高々と吸いこまれる公方家慶《いえよし》の生首《なまくび》を、供人たちは呆気《あっけ》に取られた顔でみつめている。

小春日和《こはるびより》の午後、江戸城を囲う草木は錦繡《きんしゅう》に彩られ、十三万坪の広さを誇る吹上《ふきあげ》の花壇馬場では毎年恒例となった仙台馬《せんだいうま》の上覧《じょうらん》が催されていた。

毛並みも鮮やかな馬たちが披露されていくなか、突如、一頭の鹿毛《かげ》が狂ったように跳ねまわり、馬場一帯は蜂《はち》の巣を突《つつ》いたような騒ぎになった。そのとき、防《ふせ》ぎの態勢もととのわぬ小姓《こしょう》たちの背後から、掃除之者《そうじのもの》に化けた刺客《しかく》が御前《ごぜん》に迫り、太刀《たち》持ちの反《そ》りの深い剛刀を奪うや、抜き討ちの一刀で家慶の首を刎《は》ねたのだ。

「死ねや、公方」

白刃一閃《はくじんいっせん》、顎《あご》のしゃくれた公方の首は驚いた表情を貼りつけたまま、馬場脇に流れる泉水《せんすい》に向かって大きな弧を描いていった。

まさに悪夢としか言いようのない光景を、将軍家毒味役《どくみやく》の矢背《やせ》蔵人介《くらんどのすけ》も供人の最後列から眺めていた。

「……く、くせもの」

小姓のひとりが、ようやく掠《かす》れ声を搾《しぼ》りだす。

その脇を風のように擦りぬけ、痩身《そうしん》の若侍が抜刀した。

「ぬえい」

野太い気合いとともに、刀を右八相《みぎはっそう》から斬りさげる。

「ぬぎえ……っ」

刺客は袈裟懸《けさが》けの一刀で命脈《めいみゃく》を絶たれ、広縁から地べたへ転げおちた。

「ほう」

見事な手並みだ。

若侍は名を平井又七郎《ひらいまたしちろう》といい、あとで知ったことだが、梶派一刀流《かじはいっとうりゅう》を修めた吹上役所の御庭番《おにわばん》であった。

御座所《ござしょ》周辺は混乱をきわめた。

なにせ、吹上で公方の首が飛ばされたのだ。

まかりまちがっても、そのような凶事《きょうじ》があってよいはずはない。

老臣のひとりは半狂乱となり、泉水に膝まで浸《つ》かって首を探しつづけた。

そして、藻《も》のかたまりのような首を拾いあげると胸に掻《か》き抱き、ひと目もはばからずに慟哭《どうこく》しはじめた。

「上様、上様……」

随伴《ずいはん》した奥女中たちの泣き叫ぶ声も聞こえてくる。

ところが、小姓組組頭《こしょうぐみくみがしら》の棟田十内《むねたじゅうない》はじめ側近の一部は冷めた目をしていた。

「うろたえるでない。何をぐずぐずしておる、早《はよ》う筵《むしろ》を持て」

淡々と屍骸《むくろ》の始末を指図する棟田のすがたは、傍《はた》からみれば奇異《きい》におもえる。

その理由を教えられたわけではなかったが、蔵人介は最初から勘づいていた。

「やはり、影《かげ》であったか」

本物の家慶はちゃんと生きている。

刺客に刎ねられたのは、影武者《かげむしゃ》の首にほかならない。

なるほど、うりふたつの容貌《かお》であったが、影武者には生まれもってそなわった威厳というものが感じられなかった。それは尊大《そんだい》さや横柄《おうへい》さと言いかえてもよく、生首となった者の瞳にはわずかに怯《おび》えが宿っていた。

一見すると気づかぬ公方の癖も、蔵人介にはわかる。

たとえば、酒の呑みっぷりや顔色の変化などもちがっていた。

本物の家慶は浴《あ》びるように酒を呑み、酒量がすすんでも顔色はさほど変わらない。影武者も酒をよく呑んだが、三合《ごう》を超えると頬のあたりがほんのりと赤くなった。

蔵人介は小姓も気づかぬほどの変化も見逃さない。平常《ふだん》はそばにおらずとも、たちどころに気づいてしまう。だが、気づいたからといって、何も意味はなかった。人ひとりの命を救えたわけではないからだ。

地べたに敷かれた筵のうえには、影武者の首無し胴と刺客の屍骸が寝かされている。

少し離れた草叢《くさむら》には、仙台藩の馬方《うまかた》によって泣く泣く成敗《せいばい》された鹿毛の屍骸も横たわっていた。

どうやら、尻に吹き矢を当てられたらしい。驚いた馬は暴れ、刺客の狙いは図《ず》に当たった。買えば三十両はくだらぬ駿馬《しゅんめ》であったが、目見得馬《めみえうま》の栄誉に与《あずか》ったことが裏目に出た。

仙台藩の連中にしてみれば、狐《きつね》につままれたようなものだ。

公方と信じて緊張を強《し》いられた相手が影武者だったと知り、さぞや口惜《くちお》しいおもいを抱いたことだろう。事情を理解できた伊達《だて》家の藩士たちは、あきらかに殺気を帯びていた。それは武士の体面が傷つけられたことへの怒りにほかならなかった。ただし、あからさまに悪態《あくたい》を吐《つ》く者はひとりもいない。徳川家の威光《いこう》を畏《おそ》れるがゆえのことだ。

影武者のかたわらに座していた第十二代藩主の伊達陸奥守斉邦《むつのかみなりくに》などは、真っ青な顔で震えている。二十一歳の若い殿様は学問好きで、血をみるのが何よりも嫌いだった。伊達家重臣《じゅうしん》の対応などから察するに、公方が影武者であることは従前に知らされていた様子であったが、眼前でその者の首が刎ねられようなどとは想像もできなかったことだろう。

顎を震わせながら必死に耐えているすがたが痛ましかった。

——ひゅるる。

空を見上げれば、つがいの鳶《とび》が旋回している。

「おぞましや」

屍肉《しにく》でも貪《むさぼ》ろうと狙っているのだろうか。

ともあれ、首を失ったのは影武者であった。

が、狙われたのは、あくまでも家慶の首だ。

しかも、天下を統《す》べる公方の膝元で起こった惨事だけに看過《かんか》できない。

いったい、誰が何のために刺客を送りこんだのか。

一斉に箝口令《かんこうれい》が敷かれるのと同時に、幕閣《ばっかく》の重臣たちは沽券《こけん》をかけ、黒幕捜しに奔走《ほんそう》することとなろう。

小姓組番頭《ばんがしら》の橘《たちばな》右近《うこん》から、今宵《こよい》にも黒幕探索の密命が下されるやもしれぬ。

それをおもうと、蔵人介はげんなりした気分にさせられた。

二

——幕臣どもの悪事不正を一刀のもとに断つべし。

橘右近は、蔵人介に託《たく》された裏の役目を知る唯一の重臣だった。

寛政《かんせい》の遺老《いろう》と称された松平信明《まつだいらのぶあきら》のころから、役料《やくりょう》四千石《ごく》におよぶ小姓組番頭の地位にとどまりつづけている。

その橋から、覚悟していた密命は下されなかった。

ところが翌朝になって、矢背家に前触《さきぶ》れもなく使者がやって来た。

古河《こが》藩土井《どい》家八万石の江戸留守居《るすい》役、石橋帯刀《いしばしたてわき》である。

大物だ。

さすがの蔵人介も驚いた。

妻の幸恵《ゆきえ》は狼狽《ろうばい》し、挨拶《あいさつ》もろくにできなかった。

無理もない。土井家の当主大炊頭利位《おおいのかみとしつら》はほどなく幕政の舵取《かじと》りを担う老中になることが決まっており、石橋は大炊頭の懐刀《ふところがたな》と目《もく》される重臣なのだ。まかりまちがっても、市ケ谷御納戸町《いちがやおなんどまち》の一隅にある二百坪そこそこの旗本屋敷を訪れるような人物ではない。

「志乃《しの》どのはおられまいか」

石橋は艶《つや》のある赭《あか》ら顔に笑みを湛《たた》え、親しげに養母の名を呼んだ。

志乃は客の素姓《すじよう》を知っても怯《ひる》まず、いつもの堂々とした物腰《ものごし》で応じる。

「これはこれは、石橋どのではございませぬか。ずいぶんご無沙汰《ぶさた》しておりましたが、息災《そくさい》のようで何よりにござります」

ふたりは旧知の仲らしい。

志乃はかつて雄藩《ゆうはん》の奥向きに出向いて薙刀《なぎなた》を指南《しなん》したことがあるので、そのころの知りあいだろうか。

無論、石橋は旧交を温《あたた》めに来たのではなく、昨日の凶事に関わりのあることで訪れたものと察せられた。もしかしたら、橘右近が土井大炊頭の了解を得たうえで、志乃と親しい石橋を使者に立てたのかもしれない。

だとすれば、よほど重要な密命か願い事があるのではないかと憶測《おくそく》された。

石橋は厳《いか》めしい供人たちを冠木門《かぶきもん》の外に待たせ、ひとりで屋敷にあがってきた。

蔵人介も当主として同席を求められたが、どうやら、志乃に用事があるようだ。

屋敷内で唯一の客間は中庭に面しており、手頃な大きさの紅葉《もみじ》が鮮やかに色づいていた。

「ほほう、見事な紅葉でござりますな。まるで、京の御所《ごしょ》にでもおるような」

志乃は水を向けられ、きっぱりと否定する。

「御所ではありませぬ。あれは比叡山延暦寺《ひえいざんえんりやくじ》、根本中堂《こんぽんちゅうどう》の御庭から盗んできた枝を挿《さ》し木《き》したものにござりますよ」

「ぬはは、戯《ざ》れ言《ごと》を仰《おつしや》る。根本中堂から盗んだなどと、罰当《ばちあ》たりにもほどがござりましょう」
「紅葉の枝一本盗んだとて、罰など当たりませぬ。なにせ、かの寺は八瀬《やせ》の民から
お山ひとつ盗んだのですからね」
石橋が意味ありげに微笑んだところから推すと、志乃の出自《しゅつじ》や洛北《らくほく》にある八瀬
の事情に詳しいのかもしれない。洛北の里山《さとやま》に根づいた八瀬衆は長らく炭焼きで
生計《たつき》を立てていたが、寺領と接する裏山の伐採《ばっさい》権をめぐって延暦寺と争った経緯《いきさつ》が
あった。
「ときに志乃どの、江戸に根を張って何年になられる」
「もう忘れてしまいました」
「されば、京洛や八瀬のこともお忘れで」
「いいえ、生国《しょうごく》の風景は目に焼きついております」
「それは重畳《ちょうじょう》」
八瀬の地名は、壬申《じんしん》の乱《らん》の際に天武《てんむ》天皇が背中に矢を射かけられたことに由来す
る。そのときに「矢背」と名付けられたものが、時代の変遷《へんせん》とともに「八瀬」と表
記されるようになった。
「志乃どのは朝廷に縁ある八瀬衆の主筋であられる。そのことを知る者も少なくな

り申したな」

「知ってどうなるものでもございませぬ。八瀬の民は帝《みかど》の御輿《みこし》を担ぐ力者《りきしゃ》にすぎませぬゆえ」

「いいえ、ただの力者にあらず。御所を守る防《ふせぎ》にして、帝の密命を帯びた間者《かんじゃ》にほかならぬと、わが殿は仰せになりました」

「大炊頭さまが」

「いかにも。八瀬の男たちはいずれも屈強《くつきょう》なからだを持ち、何十里もの道程《みちのり》を疾《しっ》風《぀う》の迅《はや》さで走ることができる。地の者が八瀬童子《どうじ》と呼ぶのは、閻魔《えんま》大王に使役《しえき》された鬼の子孫と信じられておるからだとか。八瀬衆は神仏ではなく、鬼を奉《ほう》じることでも知られてござる。みずからを鬼と化し、強大な敵に立ちむかう胆力《たんりょく》を養う。わが殿は『かの織田信長《おだのぶなが》公をも恐懼《きょうく》させた剛《ごう》の者たちである』と仰せになり、志乃さまにも鬼の血が流れているにちがいないと嗤《わら》われましたぞ」

「無礼な。古河八万石のお大名でも、仰って良いことと悪いことがございますよ。鬼だの何だのと、どうせ尾鰭《おひれ》のついたおはなしにございましょう。ご存じのとおり、本家の血を引くわたくしは洛北を離れ、この江戸におります。しかも、毒味役としてお上《かみ》から禄米《ろくまい》を頂戴しております。女系ゆえ、矢背家の当主には代々婿《むこ》をとってまいりました。そこに座っておる蔵人介は天守番《てんしゅばん》をつとめていた御家人《ごけにん》の実子《こ》でございますし、嫁の幸恵も御徒目付《おかちめつけ》の家から嫁いでまいりました。それゆえ、孫にも力者の血は流れておりませぬ。八瀬の血はわたくしの代で絶えるのですよ」

八瀬との因縁は薄く、本日の用向きが出自に関わることならば役に立てることはないと、志乃は断じてみせた。

石橋は白髪を撫《な》でながら、にたりと笑う。

「いいえ、八瀬衆とは何ら関わりはございませぬ。じつは、望月宗次郎《もちづきそうじろう》どのに折りいってお願いがござります」

「ん、宗次郎に」

離室《はなれ》に住まわせている居候《いそうろう》の名が唐突《とうとつ》に出たので、志乃も蔵人介も面食らった。

「お城へご出仕《しゅつし》いただきたく存じまする。右のことを志乃さまにお許しいただきたく、参上つかまつりました」

石橋はよどみなくつづけ、畳に両手までついた。

志乃は返すことばもなく、いぶかしげな顔をする。

「わが殿も痛く感じ入っておられました」

石橋は両手を持ちあげ、にっこり笑いかけてくる。

「御納戸頭《おなんどがしら》をつとめておられた望月左門《さもん》どのより、ご次男の宗次郎どのを親切心からお預かりになられたと聞きました。なかなか、できぬことにござる」

隣人の望月左門は「高《たか》の人」と敬われる大身旗本《たいしんはたもと》で、上州《じょうしゅう》に三千石の知行地《ちぎょうち》まで有していた。ところが、次期老中《ろうじゅう》をめぐる泥沼の政争に深く関わり、自刃《じじん》に追いこまれたうえに家屋敷まで焼かれてしまった。

左門は惨事を予期してか、死の直前、蔵人介に次男の宗次郎を託した。「万が一のときは身の立つようにしてやってほしい」と、蔵人介は遺言《ゆいごん》めいたことを告げられたが、養子だった宗次郎の出自には重大な秘密が隠されていた。

石橋は膝を躙《にじ》りよせ、声を低くする。

「志乃どの、御出自をご存じのうえでお預かりになったとすれば、なおさらのことにござる。並々ならぬお覚悟がおありだったに相違ない」

「御出自とは何のことでしょう」

「おや、ご存じないと仰る」

志乃は最近になって、蔵人介から宗次郎の秘密を打ちあけられていたが、あくまでも知らぬふりをした。

「出自も何も、ありもせぬ横領《おうりょう》の罪を着せられて亡くなった望月左門さまのご次男にございましょう。家屋敷を焼かれ、母も兄も亡くし、宗次郎どのは天涯孤独《てんがいこどく》になられた。隣人のよしみで離室《はなれ》をお貸しするのは当然のことにございます」

「まことに、ご存じないのか」

石橋はつぶやき、こちらをちらりとみる。

蔵人介はさりげなく、眼差《まなざ》しを逸《そ》らした。

「はっきり申しあげましょう。宗次郎どのは、いえ、望月宗次郎さまは家慶公のご実子であらせられます。拠所《よんどころ》ない事情から御出自を秘匿《ひとく》せんがために、御大身の望月家に預けられたのでござる」

宗次郎は将軍世嗣《せいし》となった家慶が若い頃、御殿女中のなかでもっとも身分の低い御末《おすえ》に産ませた子であった。そのころ、大奥では次期将軍世嗣の座をかけて熾烈《しれつ》な争いが繰りひろげられており、宗次郎はいざというときの「切り札」として城外へ逃がされた。

養父の望月左門亡き今、逃がしたのが誰の意図であったのか定かではない。幕政を司《つかさど》るごく少数の者だけがそのあたりの経緯を知っているようだった。

「笑止《しょうし》な」

志乃は鼻であしらう。

「たとい真実《まこと》であったとしても、今さら出自のことを蒸しかえされてどうなるものでもありますまい。もはや、宗次郎はわが子も同然にござります。矢背家の者とお考えいただいても結構。それゆえ、唐突な出仕話においそれと応じるわけにはまいりませぬ」

「そう仰いますな。これは、あるお方のたってのご希望でござる」

「あるお方とは」

志乃の問いかけに、石橋は襟《えり》を正した。

「家慶公にござります」

凜然《りんぜん》と発せられた台詞《せりふ》に、さすがの志乃も驚きを隠せない。

「何と。宗次郎どのにいったい、何をやらせようと仰るのです」

「されば、申しあげましょう。家慶公の影武者になっていただきたい」

「げっ」

と、蔵人介のほうが声をあげた。

頭に過《よ》ぎったのは、吹上の蒼天に飛んだ生首だ。

石橋は自慢の鯰髭《なまずひげ》を動かし、血走った眸子《まなこ》を剝《む》いた。

「志乃どの、本来なればお上の御命を携えた使者が参上すべきところ、わが殿のご配慮により筋を通しにまいったのでござる。『矢背家の御本尊《ごほんぞん》に恨まれては夜もおちおち眠れぬ』と、わが殿は仰せでしてな。おっと、また余計なことを口走ってしもうた。ま、いずれにしろ、なまなかなお覚悟で影武者はつとまりませぬ。そのあたりをご本人におふくみおきいただきたい」

「わたくしの口から言えと」

「廓《くるわ》通いに喧嘩沙汰《けんかざた》。宗次郎さまの放蕩《ほうとう》ぶりについては、従前《まえ》から聞きおよんでおり申した。今や、志乃さまのおことばにしか耳を貸されぬとか。ここは是非ともご助力願いたい」

石橋は濁った目に焦《あせ》りの色を浮かべた。

志乃は吹上で影武者が首を刎ねられたことを知らない。

公方が何者かに命を狙われていると知れば、宗次郎を死地《しち》へ送りこむ手助けなどしなかったであろう。

「公方さまはなにゆえ今になって、宗次郎の出仕をお望みになられたのであろう」

志乃の問いかけを、石橋は巧みに受けながす。

やはり、吹上での凶事はいっさい口にしない。

蔵人介も余計なことを口にする気はなかった。

影武者の要請は幕命《ばくめい》にほかならず、どっちにしろ、志乃は拒むことを許されないからだ。

石橋は大役を果たしてほっとしたのか、庭に目をやる余裕をみせた。

「……根本中堂か」

風に揺れる紅葉が、血塗《ちまみ》れの落《お》ち武者《むしゃ》を連想させる。

蔵人介は首を振り、不吉な連想を消しさろうとした。

三

――万が一のときは身の立つようにしてやってほしい。

蔵人介はことあるごとに、望月左門の「遺言」をおもいだす。

左門を死に追いやったのは、蔵人介に暗殺御用を命じていた若年寄《わかどしより》の長久保加賀守《ながくぼかがのかみ》であった。左門は加賀守と敵対する側の金庫番であったが、寝返ったのが仇《あだ》となり、都合良く利用されたあげく、悪事の露顕《ろけん》を恐れた加賀守によって抹殺《まっさつ》されたのだ。

悪事の元凶であった加賀守も、真実を知った「飼い犬」の蔵人介に成敗された。

すべては六年余りまえの出来事だが、昨日のことのようでもある。

「隣家が炎に包まれたさまは、今も瞼《まぶた》の裏に焼きついておりますぞ」

感慨深く漏らすのは、用人《ようにん》の串部六郎太《くしべろくろうた》だった。

蟹《かに》のようなからだつきの四十男は、臑斬《すねぎ》りを本旨《ほんし》とする柳剛流《りゅうごうりゅう》の達人でもある。

年四両《りょう》二分《ぶ》の住みこみで矢背家に雇われているものの、元来は加賀守から寄こされた剣客にほかならない。

本来の飼い主を蔵人介に成敗されたにもかかわらず、串部はずっと矢背家に仕えてきた。蔵人介とは信頼の絆《きずな》で結ばれており、裏の事情にも通じている。

「いかに大奥さまとて、こたびばかりは抗《あらが》いようもござるまい。なにせ、公方直々の御命にござりますからな」

「怪しいものだ」

「と、仰ると」

「家慶公は大袈裟《おおげさ》なことがお嫌いなご性分《しょうぶん》ゆえ、みずから影武者を所望《しょもう》するともおもえぬ」

「されば、側近の誰かが公方の名を借りて命じたと」

「橘さまなれば、やりかねぬわ」

「たしかに。宗次郎さまのご出自も、橘さまはご存じですからな」

「放っておいてもらえるとおもったが、甘い考えであったわ。橘さまにとって何よりの大事は家慶公のお命をお守りすること。宗次郎とて道具のひとつにすぎぬ」

「それもお役目。橘さまを責められますまい」

「無論だ。わかってはおるが、しっくりこぬ」

「拙者《せっしゃ》もでござる。できることなら、あのお方に危《あや》うい橋を渡らせたくはありませぬ。おそらく、宗次郎さまのご人徳《じんとく》がそうおもわせるのでござりましょう」

「ふん、人徳か」

およそ聖人とは対極にある男が、なぜ、それほど周囲の者を魅了するのか。

蔵人介は以前から不思議でたまらなかった。

あたりまえのような顔で矢背家の居候となり、何度となく厄介《やっかい》事の種を蒔《ま》いてきたにもかかわらず、志乃や幸恵からも好かれている。

なにゆえ、それほど人に好かれるのか。

役者にしてもよさそうな優男《やさおとこ》だが、外見《そとみ》に惹《ひ》きつけられるのではない。

底知れぬ淋しさを抱えているからではないかと、蔵人介はおもった。

慈《いつく》しんでくれた養父母《おや》は亡くなり、屋敷までが紅蓮《ぐれん》の炎に包まれた。

死に急ぐかのように無茶をするのは、そうした凄惨な記憶から逃れたいからだ。それがわかっているから、無茶も許したくなる。弱さを慈しんでやりたくなるのであろう。

宗次郎はかつて吉原遊廓《よしわらゆうかく》に通いつめ、廓《くるわ》遊びに興じていた。商家の若旦那のように放蕩三昧《ほうとうざんまい》ができたのは、吉原随一と評された夕霧《ゆうぎり》という花魁《おいらん》の心を射止めたからだ。

夕霧は吉原屈指の大見世《おおみせ》で御職《おしょく》を張っていたが、二年前、日本橋本町《にほんばしほんちょう》三丁目にうだつを建てた薬種問屋《やくしゅどんや》の隠居に身請《みう》けされた。樽代《たるだい》は一千両とも噂され、吉原の遊女たちから羨望《せんぼう》の眼差《まなざ》しを浴びた。それでも、本心では宗次郎といっしょになりたいと願っていたらしい。

串部はそのあたりの事情に詳しかった。

「身請けの当日、宗次郎さまは大門《おおもん》まで夕霧を見送ったのだそうです。そのとき、夕霧に『意気地《いくじ》なし』と、手痛いひとことを浴びせられた。それが廓で噂になりましてな、男をさげた宗次郎さまは吉原に寄りつきもしなくなった」

「『意気地なし』か」

何やら羨《うらや》ましい気もするが、相思相愛《そうしそうあい》の夕霧が身請けされて以来、宗次郎は骨抜き侍になった。終日《ひねもす》縁側でぼうっとしているかとおもえば、宮地《みやち》芝居で緞帳役者《どんちょうやくしゃ》のまねごとをしてみたり、大道芸の居合《いあい》抜きで小銭を稼ぐかとおもえば、場末の矢場《やば》で用心棒をやったりもしている。

志乃は将来を案じ、一時は大藩に奉公口を求めたりなどしていたが、蔵人介に出自の秘密を打ちあけられてからは自重《じちょう》するようになった。

そうしたなか、石橋帯刀の来訪を受けたのである。

「ともかく、宗次郎を連れてまいれ」

と命じられ、蔵人介は重い腰をあげた。

志乃にはいつも面倒臭《めんどくさ》い役目を言いつけられる。

一方、串部は興奮の面持《おもも》ちを隠せない。

やって来たのが深川《ふかがわ》の花街《かがい》だからであろう。

「一の鳥居を潜《くぐ》ってみれば、この世の極楽《ごくらく》にござ候。門前仲町《もんぜんなかちょう》の『尾花屋《おばなや》』と申せば、耳にしただけで心が弾みまする」

「ふん、鼻の下を伸ばしおって。おぬしの間抜け面《づら》、芳町《よしちょう》のおふくにみせてやりたいものよ」

「それだけは、どうかご勘弁を」

日本橋の芳町で一膳飯屋《いちぜんめしや》を営む女将《おかみ》の名を出すと、串部は半べそを搔いて拝もうとする。本気で惚《ほ》れた相手には告白もできぬ不器用な男のくせに、花街の華やかさが好きでたまらぬようだ。

「それにしても、宗次郎さまは公方さまに似ておりましょうかね」

鋭い問いに、蔵人介は切りかえす。

「お顔も知らぬくせに、なぜ、似ておらぬと断言できる」

「才槌頭《さいづちあたま》に長い顎、それは誰もが知る家慶公にござりましょう。一方、宗次郎さまは役者顔負けの色男、顎はどう眺めても長くない」

「顔はどうにでもなるらしい」

「えっ」

「糝粉細工《しんこざいく》で目鼻口、顎までも細工できる名人がおるのさ」

ただし、変えられないものがある。

骨格だ。

持って生まれたからだの線は、骨でも削らぬかぎり変えられぬ。

「ちがいがひと目でわかるのは、後ろ姿だ。わしがみたところ、家慶公と宗次郎は後ろ姿がよう似ておる」

さすがに、父子《おやこ》だけはある。

ちょっとした仕種《しぐさ》も似ているところがあった。

おそらく、依頼人も血は争えぬと気づいているのだ。

串部は首をひねる。

「もうひとつ、わからぬことがござります。なにゆえ、正式のご使者ではなく、土井家のご重臣が訪ねてまいられたのか」

「家慶公の身辺に怪しい者が潜んでおるのやもしれぬ。橘さまは、そのことを疑っておいでなのさ」

「つまり、ごく近しい者たちも欺《あざむ》かねばならぬと」

「それゆえ、宗次郎が選ばれたのやもしれぬな」

小姓や側室まで騙《だま》すとなれば、一朝一夕《いっちょういっせき》で影武者はつとまらない。

家慶の所作《しょさ》や癖を、からだにおぼえこませねばならぬからだった。

「修行を積まねばなるまい。宗次郎は甲源一刀流《こうげんいっとうりゅう》の免許皆伝《かいでん》だが、剣術の修行より過酷かもしれぬ」

少なくても三月《みつき》はかかると、蔵人介は踏んでいた。

極秘の場所で厳しい修行が待っていることだろう。

はたして、やわな宗次郎が耐えられるかどうか。

蔵人介は、父か兄のような心持ちで案じた。

「さあ、着きましたぞ」

正面には、弁柄格子《べんがらごうし》の『尾花屋』が聳《そび》えている。

ふたりは気後《きおく》れを感じながらも、敷居をまたいだ。

二階座敷からは、三味線《しゃみせん》の音と芸者たちの嬌声《きょうせい》が聞こえてくる。

大階段を上って座敷を覗《のぞ》いてみると、宗次郎は半裸の恰好《かっこう》で狐拳《きつねけん》をやっていた。

「ちょんきなちょんきな、ちょんちょんきなきな、ちょんがよいやさ、ちょんがよいやさ、あいな、よいやさ」

狐役の宗次郎は頭の両端に両手を掲げ、猟師役の芸者に鉄砲で撃たれている。

「うわっ、やられた」

すぐさま「ちょんきなちょんきな」の掛け声がつづき、宗次郎は一糸《いっし》も纏《まと》わぬ恰好にさせられた。

「みておられぬな」

ひと晩でうん十両の金が飛ぶ茶屋《ちゃや》遊びにもかかわらず、こうして只《ただ》同然で浮かれ騒ぎに興《きょう》じることができるのは、茶屋の主人に宗次郎がことのほか気に入られているからにほかならない。

蔵人介は宴のさなかへ踏みこんだ。

「おや、鬼役どの」

宗次郎が悪《わる》びれもせず、とろんとした目を向けてくる。

蔵人介は何も言わずに近づき、手を伸ばして片耳を摑《つか》んだ。

「……い、痛っ。やめろ、何をする」

「うるさい。いつまでも遊び惚《ほう》けておるでない。養母上《ははうえ》がお呼びだぞ」

そのひとことで、宗次郎はしゃきっとした。

——鬼よりも恐《こわ》い。

と、亡き養父に幼いころから聞かされつづけた蔵人介よりも、近頃は志乃のほうが恐いらしい。

「おや、お帰りでござんすか」

芸者のひとりが艶っぽい声を掛けてくる。

「鬼役さまも羽目《はめ》をお外しになったらよろしかろうに」

「そうじゃ、そうじゃ、そのとおり」

幇間《ほうかん》が合いの手を入れると、ほかの芸者たちも囃《はや》したてる。

蔵人介は宗次郎を急《せ》きたて、きまりわるそうに部屋を出た。

「ふへへ。鬼役どの、とくとご覧あれ」

言うが早いか、宗次郎は大階段の上からわざと足を踏みはずす。

凄まじい勢いで階段から転げ落ち、一階の床に背中を叩きつけた。

「宗次郎さま」

下で待ちかまえていた串部が、血相《けっそう》を変えて駆けよる。

「……う、ううん」

宗次郎は痛みに顔を歪《ゆが》めつつも、どうにか起きあがってきた。

蔵人介は呆気にとられながら、階段の上から睨《にら》みつけるしかない。

宗次郎は、口をへの字にまげて笑う。

「……お、鬼役どの、階段落ちはいかがでござった」

「莫迦《ばか》もの。なにゆえ、さように、おのれの身を傷つけるのだ」

「ひょっとしたら、生きることに飽《あ》いたのやもしれませぬ」

「笑止《しょうし》な」

呆《あき》れてみせながらも、蔵人介にはわかるような気がした。

秘匿していた出自を告げて以来、宗次郎は以前にも増して自暴自棄な行動を取るようになった。

無用な者として捨てられた身を持てあましているのだ。

おそらく、何をやってもつまらないのだろう。

自分を燃焼させてくれる何か、生き甲斐《がい》のようなものを求めているのかもしれない。

ならば、影武者の出仕話は渡りに船ではあるまいか。

志乃がことばを尽くさずとも、宗次郎はみずから出仕をのぞむであろう。

蔵人介は、そんな気がしてならなかった。

四

千代田《ちよだ》城中奥《なかおく》、笹之間《ささのま》。

大厨房《おおちゅうぼう》で作られた料理は、御膳所《ごぜんどころ》の東端にある毒味役の部屋へ運ばれてくる。

市松小紋《いちまつこもん》の黒い裃《かみしも》を纏った蔵人介の膝前には、二の膳の仕上げとなる甘鯛《あまだい》の塩《しお》釜《がま》焼きが出されたところだ。

すでに、鴨《かも》肉の膾《なます》や松茸《まつたけ》の土瓶《どびん》蒸《む》しといった秋らしい御膳の毒味は済ませた。

つみれの吸い物なども温めなおしをするために隣部屋へさげられ、あとは尾頭《おかしら》付きの骨取りを残すのみとなった。

蔵人介は箸《はし》を手にするまえに、香ばしい湯気《ゆげ》の立ちのぼる平皿を持ちあげ、甘鯛をじっくり眺めた。

美味《うま》そうだな、とはおもわない。

鬼役は味わうことを許されぬ。

ほどよい塩加減の甘鯛も、毒味の魚でしかないからだ。

おもむろに舌を出し、塩のまぶされた鰭《ひれ》の先端を舐《な》めてみる。

しょっぱい。

それだけだ。

妙な感触はない。

平皿をそっと置き、銀でつくった箸を取りだす。

平常は杉箸《すぎばし》なのだが、吹上の惨事があってからは毒を見分けやすい銀箸《ぎんばし》を使うように命じられていた。

懐紙《かいし》で口許《くちもと》を隠し、瞬《まばた》きひとつせずに骨取りをはじめる。

毒味役にとって骨取りは鬼門《きもん》とされ、あやまって取り残した小骨《こぼね》が公方の喉《のど》に刺さっただけでも腹を切らねばならぬ。

だが、極度の緊張を強いられるのは、むしろ、対座している相番《あいばん》のほうだった。

蔵人介に感情の揺れはない。

明鏡《めいきょう》止水《しすい》の境地にあった。

ほとんど呼吸もせず、流れるような仕種で骨を取りつづける。

毒味御用を仰せつかって二十有余年、一度も失敗《しくじ》ったことはない。

たとい失敗ったとしても、首を抱いて帰宅する覚悟はできている。

十一で矢背家の養子となり、十七で跡目《あとめ》相続をみとめられ、七年間におよぶ過酷な修行の日々を過ごしたのち、二十四のときに晴れて出仕を赦《ゆる》された。

毒味作法のいろはを仕込んでくれたのは、今は亡き養父の信頼《のぶより》だ。

――毒味役は毒を啖《くろ》うてこそのお役目。河豚《ふぐ》毒に毒草、毒茸《きのこ》に蟬《せみ》の殻《から》、なんでもござれ。死なば本望《ほんもう》と心得よ。

口癖のように告げられたことばどおり、死なば本望とでもおもわねば、毒味役などつとまらぬ。心を鬼にしてのぞまねばならぬ難しい役目ゆえに、周囲の者たちは敬意を込めて「鬼役」と呼ぶのだ。

蔵人介はとどこおりなく骨取りを終え、わずかに安堵《あんど》の表情を浮かべた。

「さすがよな。わしにはとうてい、まねできぬ」

大袈裟に感嘆してみせるのは、相番の桜木兵庫《さくらぎひょうご》である。

桜木はおよそ毒味役らしからぬからだつきをしていた。

酒樽並みに肥《こ》えている。

小姓たちのあいだでは「土俵入りも間近ではないか」などと囁《ささや》かれていた。

当人はまったく意に介す様子もなく、いつもどおりに毒味は蔵人介に任せ、城中で聞きかじった噂を堰《せき》を切ったように喋《しゃべ》りだす。

桜木にとって旬の話題はもちろん、吹上での惨事にほかならなかった。

「ご存じか。吹上方の平井又七郎なる若造、刺客成敗の功によって家慶公付の小姓に昇進したそうな。ところが、吹上奉行の須藤次郎兵衛《すどうじろべえ》どのは不始末の責めを負い、みずから腹を切りおった」

「須藤どのならば、病死と聞いたが」

「んなわけがあるものか。お役を果たせなんだことを悔やみ、自邸の庭にて腹掻《か》っさばいてみせたのよ」

奉行という役名を冠されてはいても、吹上奉行の役料は二百俵《ぴょう》にすぎない。蔵人介も同じ二百俵取りの御膳奉行なので、忠義に殉じた貧乏旗本の末路には同情を禁じ得なかった。

「お役目柄、須藤どのは影武者のことを存じておった。にもかかわらず、腹を切るとは面妖《めんよう》なりと、御小姓組番頭の橘右近さまがお漏らしになったと聞いた」

「橘さまがさようなことを」

「影に追い腹《ばら》しても詮《せん》無いことじゃ。とは申せ、哀れなものよ。須藤どのは忠の一字を自分なりに守ろうとして腹を切ったに相違ない。されど、肝心の上様におもいが通じたかどうか」

通じるはずはない。

忠臣の末路を耳にしたとて、情の薄い家慶ならば眉ひとつ動かさぬであろう。悲しみもせず、怒りもせず、もちろん同情もせず、惚《とぼ》けた顔で耳の穴でもほじくっていたにちがいない。

家慶にかぎらず、公方とはそういうものだ。

鷹揚《おうよう》で図太《ずぶと》く、少々のことには動じない。

むしろ、そのくらいでなければ、つとまるものではなかろう。

政事《まつりごと》についても老中に任せ、みずからはでんと構えて何もしない。判断に困ったときだけ鶴《つる》の一声を発するというのが、重臣たちの理想とする為政《いせい》者《しゃ》のすがたなのだ。

とするならば、家慶は理想に近い公方ということになる。

ただし、そうみえるだけで、腹のなかまではわからなかった。

実父の家斉《いえなり》のことなどは目の上のたんこぶだとおもっているにちがいない。

家斉は五十年も将軍の座にあり、家慶が四十五歳でようやく将軍になってからも、大御所《おおごしょ》として西ノ丸から睨みを利《き》かせていた。ことばには出さずとも、権力にしがみつく浅ましい父への恨み辛みを募らせているはずだ。

桜木は額《ひたい》に滲《にじ》む汗を拭《ふ》き、喋りつづけている。

「いまだ、影を斬った刺客の素姓は判然とせぬ。切腹した須藤どのも哀れだが、首を刎ねられた影も可哀想じゃ。名は小原庄六《おはらしょうろく》というてな、うだつのあがらぬ御家人の次男坊らしい。上様より十も年下だが、化粧《けわい》と糝粉細工で小姓たちをも欺くほどに顔を似せたそうな。矢背どのも花壇馬場におられたのであろう。小原庄六なる影武者、それほど上様に似ておったのか」

「はて、おぼえておらぬ」

面倒臭そうに応じ、蔵人介は渋い顔になる。

桜木は片頬で笑い、調子に乗って漏らした。

「つぎの影はな、もっと似ておるらしいぞ」

「ん、つぎの影がおるのか」

「噂よ、噂」

半年前、偶然にも目黒《めぐろ》の鷹場《たかば》で近習《きんじゅ》がみつけた。

野良着《のらぎ》を纏《まと》った勢子《せこ》であったが、小姓たちも家慶とみまちがえるほど顔が似ていたという。

「さっそくお城に呼びだされ、影になるべく躾《しつ》けられたそうな」

妻子には過分な手当が支払われ、本人は苗字帯刀《みょうじたいとう》を許された。

「ふっ、付けられた名を聞いて、吹きだしてしもうたわ」

桜木はひとしきり笑い、男に与えられた名を口にする。

「目黒の御鷹場でみつかったゆえ、目黒鷹之進《たかのしん》じゃと。ぬはは、何とも思慮《しりょ》に欠ける名付けようではないか」

蔵人介は深々と溜息《ためいき》を吐き、影武者となった男の不運におもいを馳《は》せた。

五

宗次郎は志乃のことばにしたがい、千代田城への出仕をきめた。

だが、五日ほど経って幕府の使者から足労《そくろう》するように命じられたのは、番町《ばんちょう》の御厩谷《おんまやだに》にある旗本屋敷だった。

志乃からは「出仕がきまった」とだけ告げられていた。番方《ばんかた》なのか勘定《かんじょう》方なのか側衆《そばしゅう》なのか、就《つ》くべき役目もわからぬまま、城勤めの作法を学ぶとだけ知らされたのだ。

根掘り葉掘り聞かずにおいた。

宗次郎の足を旗本屋敷へ向かわせたのは、志乃を困らせたくないという一念だった。

望月家が消滅したあと、天涯孤独となったこの身を志乃は温かく迎えてくれた。廓通いにうつつを抜かしても文句ひとつ言わず、胸に抱えたやりきれなさや淋しさを理解してくれたのだ。

菩薩《ぼさつ》のごとき志乃の期待を裏切るわけにはいかない。

その気持ちだけで乗りこんできたと言ってもよかろう。

さほど広くもない屋敷の表口で宗次郎を待っていたのは、いかにも意志の強そうな老臣だった。

「屋敷の主人《あるじ》、古木助八《ふるきすけはち》にござる」

「はあ、拙者は」

「待たれよ。名乗る必要はござらぬ。当家の敷居をまたがれた以上、名など何ら意味を持たぬ」

最初《はな》から妙なことを言う爺《じい》さんだ。

宗次郎はしかし、好奇の心を擽《くすぐ》られた。

「古木さまが、わたしの躾《しつけ》役というわけですね。されば、お師匠とでもお呼びしましょうか」

「それはならぬ。助八と呼びすてにしていただこう」

「えっ」

泥鰌《どじょう》を呑んだ鵜《う》のような顔をしたあと、宗次郎はぷっと吹きだしてしまった。

「へへ、師匠を呼びすてにしてもよろしいと仰るので」

「さように願いたい。それがしは貴殿《きでん》を上様と呼び申す。躾ゆえ、まま叱ることもあろうが、ご無礼はお許し願おう」

「お待ちを、助八どの。なにゆえ、わたしを上様とお呼びになる。あまりに恐れ多いことにござろう」

「よいのじゃ。お城勤めには馴《な》れが肝要《かんよう》ゆえな。ついでに敬語を使わずともよい。五枚重ねの座布団にでも座った気分でおりなされ」

喩《たと》えがよくわからない。

尊大な態度でそっくりかえっていろとでもいうのか。

それではまるで、公方ではないか。

宗次郎は座敷に招かれ、促されて上座《かみざ》の脇息《きょうそく》にもたれた。

居心地が悪いながらも、下座にかしこまった古木に向かい、戯《おど》けてみせる。

「助八よ、酒を持て。とでも申せばよろしいのか」

「結構、結構。まさに、それじゃ」

「悪乗りしたにすぎませぬ。わたしには似非《えせ》公方などできませぬよ」

「できぬとあきらめれば、何事もできぬ。できるとおもえば、何事もできる。そうした心構えが修行の第一歩でござる」

「修行と言われると、行者《ぎょうじゃ》か何かになった気分だな」

苦笑いする宗次郎にたいし、古木は目玉と入れ歯を同時に剝《む》いた。

「まこと、貴殿は行者にござる。本日よりひと月余り、当家に寝泊まりしていただき、城内におけるあらゆる作法を身につけていただかねばならぬ」

「ひと月余りも。さようなはなし、聞いておりませぬが」

本気で逃げだしたくなった。

せいぜい、二、三日のことと考えていたのだ。

「甘いのう」

古木は眸子を細め、不敵な笑みを浮かべる。

「そもそも、窮屈な城勤めは性《しよう》に合いませぬ」

「性に合わぬから逃げだすと申すのか。さようなことは許されぬ。侍に生まれたからには、勝手気ままな生き方はできぬ。ことに、上様はそのことを肝にお銘じにならねばなりませぬぞ」

古木は釘を刺し、つっと立ちあがった。

「されば、ちと歩いていただきましょう」

「えっ、何で」

「何ででもでござる」

古木は枯れ木のような身を寄せ、袖を引っぱった。

宗次郎は仕方なく立ちあがり、ぎこちなく歩きはじめる。

「ちがう」

びしっと、腿《もも》を叩かれた。

古木はいつのまにか、柳《やなぎ》の枝を手にしている。

「畳を雲にみたてなされ」

と、わけのわからぬことを言った。

「頭の高さを変えず、滑るように進むのでござる。ほれ、このように」

古木は進む。ぐんぐん進み、くるっと向きなおって戻ってくる。

能《のう》でもみているようだ。

「無理だな。さような歩き方は」

「無理ではない」

柳の枝が撓《しな》り、畳をしたたかに打った。

「金輪際《こんりんざい》、無理ということばを使ってはならぬ。おわかりか」

恫喝《どうかつ》され、渋々ながらもしたがうしかなかった。

半刻《はんとき》近くも歩きつづけると、脹《ふく》ら脛《はぎ》がぱんぱんに張ってくる。

「もうだめだ」

足の裏は擦りむけ、少し歩いただけでも痛みに顔がゆがんだ。

それでも「修行」は終わらず、立ち方や座り方の指南を受け、別の部屋に移って餉《かれい》の際には箸の上げ下ろしから懇切《こんせつ》丁寧に教えこまれた。

一日が終わるころには身も心も疲れはて、明日からの暮らしがおもいやられた。

六

目黒碑文谷《ひもんや》池。

寒々とした池畔に、鶴が舞いおりた。

「それっ」

一居《ひともと》の鷹が舞いたち、獲物めがけて滑空《かっくう》する。

供人たちの目は、一斉に空へ吸いよせられた。

「獲れ、四郎丸《しろうまる》」

長い顎で叫んだのは、公方家慶にまちがいない。

蔵人介は息を呑む。

中食《ちゅうじき》の毒味役として、近習の末席に控えていた。
鶴はすでに飛びたち、真っ青な大空を滑空しはじめる。
四郎丸は鋭利な嘴《くちばし》を突きだし、自分よりも大きな獲物に襲いかかった。
「くえっ」
鶴の悲痛な鳴き声が響く。
——ばさばさ。
羽音が聞こえた。
白い羽が粉雪《こなゆき》のように散り、白と黒の鳥が揉《も》みあうように落下してくる。
「ぬはは、ものども、まいるぞ」
馬上の家慶は叫ぶや、愛馬の黒鹿毛に鞭《むち》をくれた。
「すわっ」
供人たちも鞭をくれ、先を争うように馬を駆りたてる。
馬群《ばぐん》は鼻息も荒く、凍りついた土のうえを駆けぬけた。
——どどどど。
地響きとともに遠ざかる一団を、蔵人介は後方からみつめている。
背後には御座所の置かれた陣幕《じんまく》が張られ、何人かの老臣たちが留守を守っていた。

江戸の鷹場は葛西《かさい》、岩淵《いわぶち》、戸田《とだ》、中野《なかの》、品川《しながわ》、目黒の六筋に設置され、ことに目黒筋の鷹場は歴代の公方たちが好んで駒を進めた。広大な敷地を擁する駒場野《こまばの》や洗足池《せんぞくいけ》の一帯も頻繁に利用されたが、野鴨《のがも》の棲息《せいそく》地として知られる碑文谷池周辺も捨てがたいところだ。

鷹を拳に止めて放つところから、鷹場《たかば》は拳場《こぶしば》とも呼ばれている。目黒筋の拳場にも鷹の調練にあたる鷹匠《たかじょう》や鳥見《とりみ》が置かれ、御用屋敷や御薬草園などが設けられていた。

鷹狩りがあるごとに、目黒の村々は農作業を休んで人を出さねばならない。たとえば、各所に鷹番を置き、各村に高札《こうさつ》を立てて見張りをおこなったり、勢子として駆りだされる。御膳の手配などもあり、さまざまな雑役《ざつえき》負担を強《し》いられるうえに、馬による田畑への被害も看過《かんか》できなかった。

蔵人介は背伸びをして、鶴一羽に群がる騎馬の一団を遠望した。

「おい、蔵人介」

後ろから嗄《しゃが》れ声が掛かる。

振りむけば、丸眼鏡をかけた小柄な老臣が立っていた。

橘右近、近習を束ねる小姓組番頭だ。

好々爺《こうこうや》のごとき頼りなげな風貌《ふうぼう》からすれば、公方家慶から目安箱《めやすばこ》の管理まで任されている人物とはおもえない。

組織《しくみ》のうえでは蔵人介の上役でもあり、さまざまな厄介事を持ちこんでくる。

「どうじゃ、判別できたか」

「恐れながら、仰る意味がわかりかねますが」

「ふふ、黒鹿毛を駆《か》った上様が影じゃとしたら、どういたす」

「まさか」

蔵人介は目を皿にし、遠くから颯爽《さっそう》と戻ってくる「家慶」をみた。

黄蘗《きはだ》の筒袖《つつそで》に羅紗《らしゃ》の黒衣《くろぎぬ》を靡《なび》かせ、鶴の足を摑んで自慢げに掲げている。

「上様ご本人にしかみえませぬが」

「ぬほほ、さようか」

「まさか」

あれが影だというのか。

「鬼役の目すらも欺くとはな。あやつ、これまでの影とはちがう」

「橘さま、まことに影なのでござりますか」

「ふふ、知りたければ、中食のときにわかるであろう」

橘はふくみ笑いをしてみせ、陣幕の向こうへ消えた。

騎馬の一団が悠々と凱旋《がいせん》してくる。

影とおぼしき「家慶」は馬上から獲物を抛《ほう》り、小姓に命じて鹿革の印伝《いんでん》で作られた餌掛《えが》けを持ってこさせた。

餌掛けを左手にはめるや、ぴっと指笛《ゆびぶえ》を吹く。

低空で背後から迫った鷹が鋭い鉤爪《かぎづめ》を伸ばし、餌掛けのうえに止まってみせた。

「くはは、殊勝者《しゆしようもの》め。よくぞ手柄《てがら》をあげてみせた」

褒美《ほうび》の生肉を与えると、四郎丸は貪《むさぼ》るように平らげる。

「それっ」

掛け声とともに放つや、嬉しそうに天空へはばたき、陣幕のうえをひとまわりしてから、待ちかまえていた鷹匠の腕に止まった。

鷹匠に目隠しをされたあとは、彫像《ちようぞう》のように動かない。

「愛《う》いやつめ」

陣幕の内では、中食の仕度ができていた。

毒味を済ませ、器や盃《さかずき》も詳細に調べてある。

「喉が渇いたぞ。酒を持て」

どう眺めても公方にしかみえない男が、毛氈《もうせん》のうえを歩いた。

蔵人介は真贋《しんがん》の判別をすべく、一挙手一投足に目を凝《こ》らす。

陣幕内には重臣らも勢揃いしていたが、橘のすがたはない。

暗がりから音もなくあらわれたのは、尿筒《しとづつ》持ちの公人朝夕人《くにんちょうじゃくにん》であった。

姓名は土田伝右衛門《つちだでんえもん》、表向きの役目は公方の一物《いちもつ》を摘《つま》んで小用《しょうよう》を手助けする。

裏にまわれば武芸百般《ぶげいひゃっぱん》に通暁《つうぎょう》し、万が一のときは公方の命を守る最強の盾《たて》となる。

伝右衛門は橘の命を蔵人介に伝える橋渡し役でもあり、今までも何度かともに危機を乗りこえてきた。

だが、串部のように固い絆で繋《つな》がっているわけではない。

伝右衛門はいかなるときも情を差しはさまず、冷静に役目を果たす。

蔵人介が死んでも、悲しむことはあるまい。

そもそも、人の死について格別な感情を抱いていないのだ。

ともあれ、公方が替わって側《そば》に侍《はべ》る重臣や小姓たちは一新されたものの、鬼役や尿筒持ちといった特異な能力を要する者たちは本丸に残された。

仕える相手は替わっても、役目の中味は変わらない。

変えてはならぬと、蔵人介はみずからに戒めていた。

家慶らしき人物が床几《しょうぎ》に落ちつくと、さっそく伝右衛門が背後に近づき、ごそごそやりはじめた。

こちらからは何もみえず、小便をしているのもわからない。

突如、床几に座った人物が胴震《どうぶる》いをした。

どうやら、無事に小用を済ませたらしい。

小姓に手を拭いてもらい、さっそく盃を手にする。

くっと、ひと息に呷《あお》った。

喉仏《のどぼとけ》が上下する。

やはり、家慶公ではあるまいか。

蔵人介は、首をかしげたくなった。

少なくとも、容貌《かお》はうりふたつだ。

酒を呷る仕種から喉仏のかたちまで、別人のものとはおもえない。

さては、橘にたぶらかされたか。

半信半疑でみつめていると、家慶らしき男は箸を手にした。

蔵人介が丹念に調べた杉箸だ。

握り方にも妙なところはない。

野外ということもあり、御前の品は城内のように豪勢ではなかった。が、調理から膳に並ぶまでが短いだけに、いつもより美味しく感じるはずだ。

男は箸を器用に動かし、鴨肉の膾《なます》を摘みあげた。

口に入れ、咀嚼《そしゃく》する。

つぎの瞬間、ぺっと吐きだした。

小姓が慌てて、吐きだされた鴨肉を拾おうとする。

「塩が足りぬ」

男は偉そうに吐いた。

なるほど、家慶は前将軍の家斉より味の濃いものを好む。

ことに、鷹狩りの野営内では塩を足さねばならぬところ、迂闊《うかつ》にも料理番が塩梅《あんばい》をまちがえたのだろう。

いや、そうではない。

蔵人介は鴨肉を毒味していた。

塩加減は家慶好みの濃さであった。

とすれば、男の行為はいったい何であったのか。

無理に威勢を張ることで、本物の家慶になりきろうとしているのかもしれない。

周囲が緊張で萎縮《いしゅく》するなか、男は何食わぬ顔で吸い物を啜《すす》っている。

――ずるっ。

ひと啜りすると、満足そうに椀《わん》を置き、盃に手を伸ばす。

くっと酒を呷り、こんどは杉箸を手にして香《こう》の物を摘《つま》んだ。

かたわらには三河《みかわ》産の七輪《しちりん》と網《あみ》が用意され、網のうえでは上方《かみがた》から御献上の松茸が焼かれている。もちろん、松茸の毒味は済ませてあったし、爆《は》ぜぬようにと使われた紀州《きしゅう》産の備長炭《びんちょうたん》まで舐めて調べた。

陣幕のなかは、香ばしさに包まれる。

城中では味わえぬ雰囲気に、さすがの「家慶」も顔をほころばせた。

小姓のひとりが松茸を取り、熱いのを痩せ我慢して裂きはじめる。

あまり上手ではない。

家慶らしき男がみかねたように手を伸ばし、みずから松茸を裂きはじめた。

そのとき、蔵人介は気づいたのである。

指だ。

上様の指ではない。

男の指は太く、松茸を平気で裂くことができるだけの厚みをしていた。
橘の言ったとおり、影なのだ。
「酒を持て」
しばらくして、蔵人介は新たな毒味を命じられた。
毒味部屋はなく、陣幕の片端でやるしかなかった。
「矢背どの、お急ぎなされ」
険しい顔で囁くのは、小姓組組頭の棟田十内である。
吹上で影武者の首が刎ねられても動じなかった男だ。
棟田が自分と同じ田宮《たみや》流の居合を使うことは知っていた。
隙のない仕種から推すと、かなりの遣い手にまちがいない。
「さ、お願いいたす」
よほど急いでいるのか、棟田みずから銚釐《ちろり》を持って注いでくれる。
蔵人介は盃を両手で掲げ、猫のように舐めた。
下《くだ》り物の熱燗《あつかん》だ。
満願寺《まんがんじ》であろう。
銘柄はすぐにわかったが、燗をつけすぎている。

悪戯心《いたずらごころ》が湧《わ》いた。
このまま呑ませたら、床几の人物はどう反応するか。
験《ため》してみるのも一興《いっきょう》かもしれぬ。
御膳に素早く運ばれた酒を、男は美味そうに呑みはじめた。
猪口《ちょこ》に口を近づける仕種は、御前試合などでも目にしたものだ。
家慶と寸分も違《たが》わぬ仕種で盃をかたむけ、男は満足げに二杯目を注げと小姓に促す。
さきほどから眺めてきたとおり、呑み方にも妙なところはない。
ただし、蔵人介は男を影武者と見抜いていた。
理由はいたって明瞭である。
本物の家慶は猫舌なのだ。
あれだけ熱い燗酒を平然と呑めるはずはない。
ふと、片隅をみやれば、公人朝夕人が微笑んでいる。
いつのまにか、重臣たちの末席には橘も控えていた。
ふたりともに、こちらの意図を察したにちがいない。
ひょっとして、験されているのは自分なのではあるまいか。

橘右近の勝ちほこった笑顔を眺めていると、むかっ腹が立ってきた。

七

番町御厩谷、古木邸。

庭の梅もどきが赤い実をつけはじめた。

炬燵《こたつ》の重宝《ちようほう》する季節である。

宗次郎の「修行」は半月を超え、それなりに恰好はついてきた。

指南役の古木助八から告げられたわけではなかったが、もはや、課される役目はわかっている。

公方家慶の影武者だ。

いつもの自分ならば、早々に屋敷を抜けだしていた。

そうしなかったのは、志乃に恥を掻かせたくなかったからだ。

いや、そればかりではない。

城中の将軍御座所や大奥のなかを隈無《くまな》く覗いてみたくなった。

人一倍好奇の心が強いだけに、不安よりも楽しみのほうが膨《ふく》らんだ。

そして何よりも、危うさと背中合わせの影武者という役目が気に入った。

実父の家慶には何の感慨もない。

おそらく、先方も同じであろう。

父子の情が薄ければ、なおさら、影武者を演じきる自信はあった。

千代田城でどのような出来事が待ちうけているかもわからない。

毒を盛られることもあろうし、首を狙われることもあろう。

得体の知れぬ刺客とやりあうことになるのかもしれない。

想像しただけで、恐怖を抱くどころか、わくわくしてきた。

死に場所を得たような気にもなっている。

そのあたりが宗次郎の常人と異なるところだ。

「やってやる」

気合いを入れてさまざまな修練を積むうちに、古木も舌を巻くほどの上達ぶりをみせた。

だが、それほど甘いものではない。

上達するにつれて、越えるべき壁も高くなった。

指南役は古木ひとりではない。

あらゆる素養《そよう》を身につけるべく、その道の達人たちが指南役として招かれた。

宗次郎が仰天したのは、千両役者《せんりようやくしや》の三代目尾上菊五郎《おのえきくごろう》が登場したときだった。

化粧っ気はなくとも、部屋にはいってくるなり、すぐさま正体はわかった。

空気が華やいだものに変わったのだ。

「よっ、音羽屋《おとわや》」

大向こうの掛け声が耳に聞こえてきた。

菊五郎は五十代半ばとはおもえぬほど若々しく、おのれ一代で尾上家を江戸きっての門流に押しあげた自信に溢《あふ》れていた。芝居町に大櫓《おおやぐら》を聳《そび》えたたせた中村座《なかむらざ》の座頭《ざがしら》でもあり、霜月《しもつき》の顔見世《かおみせ》興行ではいつも檜《ひのき》舞台のまんなかに立っていた。

宗次郎は惚《ほ》れ惚《ぼ》れするような勇姿《ゆうし》を目に焼きつけていたので、菊五郎と対座しているのが信じられなかった。

表情のつくり方を指南されるたびに、何度も頬を抓《つね》ってみた。

夢ではない。本物の菊五郎に指南してもらっている。

それだけでも「修行」に来た甲斐はあったというものだ。

もちろん、夢をみている暇はなかった。

笑い、泣き、怒るといった表情や所作《しよさ》を繰りかえし、みずからのものにしていかねばならない。

すべては公方家慶に似せるための修練だったが、古木が敢えて菊五郎を招いたのは、若いころに隠れて悪所《あくしょ》通いにうつつを抜かした家慶を知っているからだった。

菊五郎は懐《なつ》かしそうに教えてくれた。

「若殿は表情のじつに豊かなお方にござりました。城内ではつまらなそうにしておられましょうが、能面をひとつ剝《は》いでさしあげれば、わたしら下々《しもじも》と同じ顔があらわれてまいろうというもの。誰しも素の顔を隠しおおせるものではない。隠せば無理が生じまする」

たとえば、笑いを我慢して怒っている顔とほんとうに怒っている顔とでは、天と地ほどもちがう。泣きたいのに我慢している顔と泣くのをあきらめた顔もちがう。そのあたりのあやは、幼いころから営々と積みかさねてきた修練でしか培《つちか》うことはできぬ。

「なにぶん、修行のときが短すぎまする。宗次郎さまには、奥の手を使ってお教えいたしましょう」

菊五郎の地声《じごえ》は、舞台で発するような疳高《かんだか》いものではない。

重厚な落ちついた口調で「睨みだけは利かせるなよ」と執拗《しつよう》に説いた。

七代目市川團十郎《いちかわだんじゆうろう》を強く意識してのことだ。

ふたりは若い時分から、何かと張りあっていた。それは江戸の誰もが知るところで、ふたりの競いあいが芝居を大いに盛りあげてきた。

芝居好きの宗次郎にしてみれば、おもしろくないはずがない。

「睨みは相手を萎縮《いしゆく》させまする。萎縮した者は崇《あが》めて平伏《へいふく》するか、敵意を抱いて黙るかのどちらかしかござらぬ。人の上に立つ者は、睨みではなく、寛容《かんよう》の心をこそ養わねばなりませぬ。それは微笑みによってもたらされます。そこはかとない憂いをふくんだ微笑みこそ、もっとも難しい表情なのでござりまする」

菊五郎は襟を正して説き、悲しげに笑ってみせた。

当代一の千両役者でなければ、そんな顔はできない。

ただし、宗次郎が胸を躍《おど》らせたのは最初の半刻ほどだけだ。

あるときなどは、朝から晩まで笑っていなければならなかった。

もちろん、笑いにもいろいろある。腹の底から声をあげて嗤《わら》うこともあれば、口《くち》端《はし》を吊りあげて皮肉まじりに笑ったりもしなければならない。

ほかにも、立ち居振る舞いなどを事細かく指南された。

そうした修練のひとつひとつが、影武者の血肉《ちにく》になっていくのだとおもえば、厳しい修行にも耐えられた。

ただ、どうしても馴染めないこともあった。

竹の尿筒に一物をあてがい、丸い筒穴に小用を足すやり方だ。

「公人朝夕人でも呼ぶかの」

古木が真顔でつぶやいたのを、宗次郎は聞きのがさなかった。

八

城内中奥、八《や》ツ刻。

影武者が毒饅頭《まんじゅう》を食い、血泡を吐いて倒れた。

蔵人介が控え部屋で休息していたときのことだ。

「あんこじゃ、あんこじゃ」

大奥からお裾《すそ》分けされた饅頭のあんこに毒が仕込んであったらしい。

影武者がうっかり毒味をさせず、口に入れてしまったのだ。

「お匙《さじ》を、お匙を呼べ」

誰かが叫んでいる。

蔵人介は廊下に飛びだし、袴《はかま》の裾を摘《つま》んで滑るように近づいた。

右往左往する小姓や奥医師《おくいし》らを押しわけ、部屋のなかへ踏みこむ。

家慶によく似た影武者は四つん這《ば》いになり、喉を掻きむしりながらもがいていた。

「水を持て」

蔵人介は小姓に命じ、影武者の髷《まげ》を摑んで後ろから引っぱる。

あんぐり開いた口のなかへ、指を二本突っこんだ。

「うわっ」

みていた連中はびっくりする。

蔵人介にためらいはない。

喉ちんこを摘んでやると影武者は噎《む》せかえり、激しく嘔吐《おうと》しはじめた。

「そうじゃ、吐け。ぜんぶ吐きだせ」

いったん吐きおわると、仰向《あおむ》けにして水を喉に流しこみ、さらに指を突っこんでおもいきり吐かせる。

畳には汚物がぶちまけられ、蔵人介の足袋《たび》や裃も汚れた。

汚れるのもかまわず、同じ動作を繰りかえす。

影武者の胃袋が痙攣《けいれん》しはじめた。

「鬼役どの、無理をなさるな」

敷居の向こうから声を掛けてきたのは、公方の脈も取る奥医師のひとりだ。

ふん、藪《やぶ》医者め。

毒を抜くには毒を吐かせるしかない。

高価な薬を呑ませても仕方ないのだ。

「ぐえっ、げぼげぼ」

影武者は真っ赤な顔で噎せつづけ、畳に這いつくばる。

黄色い胆汁《たんじゅう》や血の混じった唾《つば》も吐きだされてきた。

それでも、蔵人介は荒療治《あらりょうじ》を止《や》めない。

「死ぬ気で吐け。吐かねば死ぬぞ」

懸命に鼓舞《こぶ》している様子は、罪人に責め苦を与えているとしかみえなかった。

廊下には大勢の者が集まってきた。

だが、城内は広いので、重臣たちの耳にはまだ届いておるまい。

ましてや、公方の知るところとはなるまいとおもわれた。

奥医師たちは手伝おうともせず、文字どおり、胆汁でも舐めたような面《つら》で眺めているだけだ。

影武者は、ついに気を失った。

もう、吐くものはない。

しばらく休んで意識が戻るようなら、一命をとりとめたことになろう。

凄まじい悪臭が漂う修羅場《しゅらば》へ、跫音《あしおと》も騒がしくやってくる者があった。

「野次馬《やじうま》どもめ、失《う》せよ」

高飛車《たかびしゃ》に命じるのは、耳の尖《とが》った坊主頭の人物だ。

紅葉山《もみじやま》の御霊屋《みたまや》坊主でもなければ、数寄屋《すきや》坊主でもない。

名は慈雲《じうん》、家慶お気に入りの伽衆《とぎしゅう》である。

上臈御年寄《じょうろうおとしより》として大奥《おおおく》の実権を握る姉小路《あねがこうじ》に取りいり、いつのまにか伽衆にくわわった。家慶に向かって説法巧みに浄土宗《じょうどしゅう》の根本を説き、日蓮宗《にちれんしゅう》を信仰していた大御所家斉との不和《ふわ》を煽《あお》った張本人とも目されている。ただし、素姓は判然とせず、京洛の悪徳陰陽師《おんみょうじ》であったとの不穏な噂もあった。

伽衆というだけで、肩書きもない。

そんな坊主が、まるで、中奥を仕切る納戸頭取のように威張りくさっている。

口惜しいとはおもいながらも、抗おうとする者はいない。

下手《へた》に目をつけられれば、手痛いしっぺ返しを受けるのがわかっているからだ。

相番の桜木兵庫などは「妖術でも使って上様を誑《たら》しこんだにちがいない」と皮肉を漏らしていた。

蔵人介は、かつて中奥で我が物顔にふるまっていた中野碩翁《なかのせきおう》のことをおもいだした。

権謀術策《けんぼうじゆつさく》を弄《ろう》して権力の中枢にとどまりつづけ、蔵人介にも「飼い犬にならぬか」と何度か誘いかけてきた。向島《むこうじま》の隠居屋敷で静かに暮らしていると聞いたが、少なくとも本丸《ほんまる》で見掛けることはなくなった。

家斉に寵愛《ちようあい》されたお美代《みよ》の方も本丸を去り、大奥は御台所《みだいどころ》の楽宮喬子女王《さざのみやたかこじよおう》付の小上臈として京からやってきた姉小路に牛耳《ぎゆうじ》られている。

代替わりしても、権力に執着する人の欲望にかぎりはない。

――南無阿弥陀仏《なむあみだぶつ》。

殊勝《しゆしよう》な顔で経《きよう》を唱える生臭《なまぐさ》坊主は、かつての碩翁にほかならなかった。

「おぬしは何じゃ」

慈雲は袖で鼻と口を押さえ、足袋を汚物に浸した蔵人介に噛みついてきた。

「こちらは、鬼役どのにござります」

と、同情した小姓のひとりが応じてくれる。

慈雲は、細い目をさらに細めた。

「ほう、お匙より役に立つ毒味役がおったとはな。影が死なんだら、おぬしの手柄といたそう。されど死ねば、おぬしのせいじゃ。わかっておろうな」

慈雲は扇子《せんす》を逆手《さかて》に持ち、切腹するまねをしてみせる。

粗相《そそう》の責めを負わせるつもりなのだ。

下手をすれば、毒を盛った張本人に仕立てあげられるかもしれない。

吹上のときもそうだ。

吹上奉行の須藤次郎兵衛は、必要もないのに腹を切った。

もしかしたら、慈雲に煽られたのではあるまいか。

蔵人介は確かめずにはいられなかった。

「恐れながら、吹上奉行の須藤どのに何か仰いましたか」

須藤の名を出した途端、慈雲は尖った耳をぴくっと動かした。

やはり、そうであったらしい。

城中でひとたび凶事があれば、誰かが腹を切らねばならぬ。

慈雲は家慶から人身御供《ひとみごくう》となる者を選びだす権限を与えられ、恐怖によって中奥を支配する術《すべ》をおぼえたのだ。

「ふん、鬼役づれが。余計な詮索《せんさく》はせぬことじゃ。そこにおる影は目黒の御拳場でみつけた男じゃ。ただの百姓にすぎぬが、影武者としては百人にひとり、いや、千人にひとりの逸材《いつざい》ゆえ、死なせるわけにはいかぬ。そやつの生死は徳川家のいやさかをも左右しかねぬからの」

「徳川家のいやさか」

意味がわからない。

それほど大袈裟なことに一介《いっかい》の百姓がどう関わるというのか。

「ふふ、今にわかる」

慈雲は謎のことばを残し、くるっと踵《きびす》を返した。

「ほら、何をぐずぐずしておる。毒を盛った者をみつけるのじゃ」

僧籍《そうせき》にあるとはおもえぬ者の背中を冷めた目でみつめ、蔵人介は後始末を別の者に任せて部屋を出た。

影武者が九死《きゅうし》に一生《いっしょう》を得たのを知ったのは、夜も更《ふ》けてみなが寝静まったころだ。

吉報《きっぽう》をもたらしたのは、何と、影武者本人であった。

九

宿直《とのい》部屋。
衝立《ついたて》を挟んだ隣から、桜木兵庫の鼾《いびき》が響いてくる。
いつものことだ。
仮眠をあきらめ、夜具《やぐ》のうえに座る。
暗闇をみつめ、蔵人介はぎょっとした。
死に神があらわれたのかとおもったからだ。
「おぬし、影か」
「はい」
げっそりと窶《やつ》れた蒼白い顔の男は、拳場でみた「家慶」ともちがう。
野良着の似合う百姓にすぎない。
つくりは似ていても、威厳を失った顔は別人のものとなる。
蔵人介は影武者の顔をまじまじと眺め、そうおもった。
影武者は掠《かす》れた声をしぼりだす。

「佐平《さへい》と申します」

「佐平」

「目黒は衾村《ふすまむら》の百姓にござります」

佐平は見張りの目を盗み、命を救ってもらった礼をしに訪れた。

「毒は抜けたのか」

「もうすっかり」

ひ弱な昨今の侍なら、二、三日は安静にしていなければならぬところだが、頑健《がんけん》な佐平はけろりとしている。

「死んだ気になって吐きました。鬼役さまに介抱《かいほう》していただかなければ、今ごろは冷たくなっておりました。どうしてもお礼が申しあげたくて、ご迷惑も顧《かえり》みずに参上したのでござります」

「かえって、気を使わせてしまったようだな。小姓にみつかったら、まずいことになろう」

「お城を逐《お》われるやもしれませぬ。されど、鬼役さまにお救いいただかねば、平川《ひらかわ》御門から桶《おけ》で運びだされておりました」

衝立の向こうからは、あいかわらず桜木の鼾が聞こえている。

佐平が今気づいたように首を縮《ちぢ》めたので、蔵人介は「大地震《おおない》でも起きぬ男だ」と安心させてやった。

「幼いころ、死んだおっかさんに言われつづけたことがございます。『恩を受けたお方には感謝の気持ちを伝えねばならぬ。お伝えすれば相手も自分も幸福になる。お伝えせねば福《ふく》は逃げていく。一度逃した福を取りもどすのは容易ではない』と」

ずいぶん長い教えだが、今は亡き母の教えを守ることが、佐平にとっては何よりもだいじなことらしかった。

「ふうむ。それにしても、命懸けのお役をようも引きうけたな」

「拒む余裕もございませなんだ」

もっとも、拒む気はなかったという。

衾村に残した妻子のもとへ過分な報酬がもたらされた。

幼い弟や妹たちも喜び、貧しい家に春が訪れたようになった。

自分が役目に就いているかぎり、報酬を減じられることはない。それゆえ、死なずに済んだことを神仏に感謝しているのだと、佐平は涙ながらに訴える。

「毒を盛られても、影をつづけるのか」

「はい」

「吹上の惨事は聞いておろう」

「存じております」

命を狙われても途中で逃げだす気はないが、つづけたい理由はほかにもあるという。

「近頃、お役目に誇りを感じております」

「誇り」

「はい。公方さまのお役に立っているのだと、そうおもっただけで身震いするほどの喜びを感じるのでございます」

「さようか」

蔵人介は胸の裡《うち》で溜息を吐いた。

佐平は家慶に目見得を許される身分ではない。みたこともない相手の影武者をやらされているのだ。にもかかわらず、役に立ちたいなどと殊勝なことを口走る。ただの百姓が偽公方《にせくぼう》になるための修行を積み、見事になりきろうとしている。

「佐平よ、誰のもとで修練を積んだ」

「元御側衆の古木助八さまに、一から教えていただきました」

「やはり、古木さまに教えてもらったのか」

「はい。家慶公の傅役《もりやく》として、幼いころからずっとおそばに付かれ、ときには厳しくも接しなされ、侍の作法や心構えをお説きになられた方であられます」

「ほう、そうであったか」

宗次郎のことが案じられた。

今ごろ、どうしているのだろう。

「番町の御屋敷で、半年みっちり学ばせていただきました」

「たった半年でそうなりおったか」

「はい」

「佐平よ、じつにあっぱれな心意気ではないか」

忠義《ちゅうぎ》に殉じる武士にも通じる。

蔵人介はしかし、複雑な心境を拭《ぬぐ》いきれない。

影武者はあくまでも影にすぎず、使い捨てにされる運命にある。

偽りの役目に誇りすら抱きはじめた忠義者に憐《あわ》れみをおぼえたのだ。

中奥を仕切ろうとしている慈雲は、佐平のことを「徳川家のいやさかをも左右しかねぬ」と言った。

それが何を意味するのかは判然としない。

眼前で身を縮める鼠《ねずみ》のような男が、いったい、どのような大事に関わるというのか。

「無理をするな」

蔵人介は詮無いことばを掛けた。

今はそれしか言えない。

側で守ってやりたくても、無理なはなしだ。

衝立の向こうが静かになり、佐平は身を固める。

「案じることはない」

すぐにまた、鼾は聞こえてくるだろう。

「矢背さま、このご恩は生涯忘れませぬ」

佐平は深々と頭《こうべ》を垂《た》れ、暗い廊下の向こうに消えていった。

十

——ぬごっ。

桜木の鼾がまたはじまった。

と、そこへ、別の人影があらわれた。

公人朝夕人、土田伝右衛門である。

「おぬしか」

「浮かぬお顔でござるな」

「おぬしが来ると、ろくなことはない」

「死に神か貧乏神か、いずれにしろ、福の神ではありませぬな。それにしても、本日はとんだ目に遭われたご様子」

「汚物にまみれたうえに、毒を盛った下手人にさせられかけたわ」

「慈雲にござりますか。かの生臭坊主、なかなかの食わせ者にござります」

何か秘密を知っているのか、伝右衛門は意味ありげに微笑む。

「ところで先日、古木助八さまの御屋敷に呼ばれ、宗次郎どのに小便指南をしてまいりました」

「小便指南だと、何じゃそれは」

「ご存じのように、上様は脇息にもたれながら器用に小用を足されます。傍《はた》からは簡単にみえて、これが存外に難しい」

なるほど、言われてみれば重要な「修行」のひとつかもしれない。

「くふふ、宗次郎どのは立派な一物《いちもつ》をお持ちでござりました」

「握ったのか」

「無論にござる。好き嫌いは別にして、握らねば役目が果たせませぬゆえ。血は争えぬものと申しますが、上様の股間にだらりとぶらさがった鯰《なまず》と大きさも形もよう似ておりました」

「くだらぬ。鯰のはなしを聞かせにまいったのか」

「いいえ。橘さまがお呼びでござります。早急に隠し部屋までお越しくださりますよう」

伝右衛門はふっと消え、蔵人介は重い腰をあげた。

鼾を背にして廊下へ踏みだすと、闇がわだかまっている。

見張りの目を盗み、大奥との境目に近い楓《かえで》之間をめざした。

公方が餉《かれい》をとる御小座敷《おこざしき》までは遠く、そこからさらに長い御渡廊下《おわたりろうか》を抜けていかねばならない。

隧道《ずいどう》のような廊下をすすみ、ようやく、楓之間までやってきた。

廊下をまっすぐ抜ければ上御錠口《かみのおじょうぐち》、銅塀《あかがねべい》の向こうは大奥である。

一方、角を左手に曲がった奥には、双飛亭《そうひてい》という茶室があった。屈《かが》んで桟《さん》に油を流し、音を起《た》てぬように襖《ふすま》を開けて内へ忍びこむ。一寸先は闇とはこのことだが、床の間までの歩数はわかっていた。何度となく訪れているところだ。

手探りで床の間にいたり、軸の脇に付いた紐《ひも》を引いた途端、眼前の一枚壁が芝居の龕灯《がんどう》返しさながらにひっくり返った。

か細い灯りとともに、御用之間があらわれる。

狭い四帖半の部屋は「公方の隠し座敷」とも呼ばれていた。一帖ぶんは目安箱の訴状などの納められた黒塗りの御用簞笥《ごようだんす》に占められ、低い位置には小窓もあり、壺庭《つぼにわ》が垣間《かいま》みえる。歴代の公方たちが誰にも邪魔されずにひとりで政務にあたった部屋と教えられたが、家斉の代からは使われた形跡もない。

今や部屋の主となった橘右近は鴻巣《こうのす》の雛人形《ひなにんぎょう》よろしく、ちょこんと丸御座に座っていた。

「裾が臭うな」

橘は皺顔《しわがお》をしかめ、おもむろに抹茶《まっちゃ》を点《た》てはじめる。

「志乃どのは息災か」

「は、おかげさまで」

「それは重畳。矢背家伝来の薙刀を振りまわしておられるうちは、まず心配あるまい」

橘は遠眼鏡でみてきたかのようにはなす。

「若い時分から、志乃どののことはよう知っておる。ひとことで申せば、ありゃ、じゃじゃ馬よ。さすがに鬼の血を引くだけあって、胆も据わっておられる。されどな、志乃どのの美点は慈愛深きところじゃ。隣家の次男坊を預かったのも、天涯孤独な身の上となった若者の行く末を慮《おもんぱか》ってのこと。けっして、出自に関わる秘密を知っていたからではない」

「存じておれば、預からなかったとおもいます」

「はて、それはどうか。志乃どののことゆえ、預かったやもしれぬ。要するに、先に知ったか後で知ったかのちがいにすぎぬ。事情を知った今となっては、志乃どのにも腹をくってもらわねばな」

「さようなことは、本人に仰せください」

「面と向かって言えぬゆえ、こうしておぬしに伝えておるのであろうが」

遥かむかしに抱いた恋情の残り滓《かす》が、旗本最高位にある老臣の頰を赤く染めあげている。

「宗次郎を影武者に推輓《すいばん》なされたのは、橘さまでござりますな」

「だからどうした。怒っておるのか。望月宗次郎はそれなりに修行を重ね、ようやく使える目途《もくと》がついた。あやつ自身も腹を決めたようでな、わしの見込みどおりに事がすすめば、きっと役に立ってくれよう」

「城内に招きいれれば、身に危険がおよぶやもしれませぬ」

「致し方あるまい。それが影の役目よ」

「宗次郎がどうなってもかまわぬと」

「そうではない。人の命は時の運。どこにいようと、死ぬときは死ぬ。大酒を啖《くろ》うて廓のお歯黒《はぐろ》どぶにはまることもあろう。おぬしが案じることではない」

納得できる気もしたが、蔵人介は粘った。

「されど」

「それ以上は言うな」

橘は茶筅《ちゃせん》をさくさく振り、抹茶の泡を立てた。

「ほれ」

ことりと、楽茶碗《らくぢゃわん》を差しだす。

蔵人介は一礼し、作法どおりに右手を差しのべた。

茶碗の焼き色を褒《ほ》める暇も与えず、気の短い橘は喋りはじめる。

「古木によれば、宗次郎はずいぶんやる気をみせておるようじゃ。おぬしのおもう以上に、あやつにとって影武者は天職やもしれぬ。いずれにしろ、長くやらせようとはおもうておらぬ。しばしのことよ。上手に役目をまっとうできれば、昇進の道も考えてやらねばなるまい」

「昇進にござりますか」

蔵人介は首をかしげた。

宗次郎は昇進など求めておるまい。

他人の敷いた道を歩むことを嫌うのだ。

「よきお点前《てまえ》にござりました」

懐紙で濡れた指を拭くと、橘は楽茶碗を無造作《むぞうさ》にさげた。

「ところで、吹上にて影を斬った刺客のことじゃが、そやつと関わりのありそうな者が出てきおった。納戸方《なんどかた》の後藤源吾《ごとうげんご》じゃ」

「ん、後藤でござりますか」

真面目が取り柄の小役人だ。

言われてみれば、吹上の一件以来、出仕を控えている。

「妙じゃとおもうて、伝右衛門に調べさせた。すると、後藤は高利貸しに三百両の借金をしておってな、それが惨事のあった前日、きれいに返済されておった」

肩代わりした商人の線をたどっていったところ、意外な人物が浮かんできた。

「それは」

膝を乗りだす蔵人介の反応を楽しみながら、橘は茶筅をさくさく振りはじめた。

「碩翁じゃ。近頃とんと音沙汰もなく、向島で鳴りをひそめているとおもうていたが、西ノ丸とのあいだを密かに行き来しておった」

「西ノ丸」

「さよう。大御所家斉公のご意向を受け、陰《かげ》に日向《ひなた》に動いておるようでな。先日たまさか城内で見掛けたが、顔の色艶もよく、十も若返ったようであったわ」

「お待ちくだされ。されば、吹上の惨事は碩翁さまの差し金だと仰るので」

さらに言えば、碩翁の背後に控える家斉の意向だと、橘は言いたげだった。

「かもしれぬというだけじゃ。何ひとつ根拠はない」

根拠はなくとも、疑っているのは明らかだ。

たしかに、家斉と家慶の対立は今にはじまったことではない。

それは権力欲に囚《とら》われた者同士の確執《かくしつ》とも言うべきものだった。

家慶は四十五にもなって、ようやく将軍の座布団を譲りうけた。ところが、大御所となった家斉は何かと政事に嘴《くちばし》を挟み、幕閣を構成する重臣たちの多くも西ノ丸のほうに顔を向けている。

家慶としては、おもしろかろうはずがない。

一刻も早く目の上のたんこぶを除きたいと、心の底から願っているはずだった。

許し難い情況《じょうきょう》を打破する手っ取り早い方法は、家斉に消えてもらうことだ。

相手に強烈な殺意を抱いているのは、父よりも子のほうかもしれなかった。

だが、今は子の家慶が命を脅かされている。

「殺《や》られるまえに殺る。それが為政者《いせいしゃ》の鉄則じゃ」

家斉がそう考えているとすれば、父子《おやこ》の情などはいりこむ隙間《すきま》もない。

空《そら》恐ろしいことだとおもわざるを得なかった。

「なれどよ、そう断じるにはいささか早計《そうけい》にすぎるやもしれぬ。あらゆる方面から探りを入れておるのじゃが、ここにきて由々《ゆゆ》しき厄介事が飛びだしてきおった」

小姓の証言によれば、公方自身の口から漏れたことらしい。

「日光社参《にっこうしゃさん》じゃ」

痰《たん》を吐くように口走った橘の顔を、蔵人介は穴が開《あ》くほどみつめた。

「驚いたか」

「は、いささか」

徳川将軍の日光社参は、第十代将軍家治《いえはる》がおこなって以来、六十年余りもおこなわれていなかった。さらに遡《さかのぼ》れば、家治がおこなった安永《あんえい》の社参は第八代将軍吉《よし》宗《むね》以来、四十八年ぶりの出来事だった。

そもそも、大権現家康《だいごんげんいえやす》の霊を弔う日光東照宮《とうしょうぐう》への参拝は、幕府開闢《かいびゃく》から十八回しかおこなわれていない。そのうち、十六回については第四代将軍家綱《いえつな》の御代《みよ》までにおこなわれたことだ。

なにしろ、金が掛かる。

家治の行列には兵八十万人と馬三十万疋《ひき》が動員され、費用は二十二万両も掛かった。

歴代の将軍が二の足を踏んできたのは、無理もないことだ。幕府の屋台骨《やたいぼね》が揺らぎかねないほどの金額である。それだけの費用を使ってでも日光社参をおこなうのは、ひとえに将軍の権勢《けんせい》を世にしらしめたいがためにほかならない。

新将軍となった家慶は父にもできなかった日光社参をやり遂《と》げることで、紛《まご》うことなき権力を掌中《しょうちゅう》におさめたいのだ。

「『大権現様のもとへ参る』と、上様は血走《ちばし》った眸子《まなこ》で仰せになったらしい。されど、よくよく調べてみると、尻を掻いた者がおる。伽衆の慈雲じゃ。無論、慈雲の後ろには姉小路さまがおる」

姉小路は水戸《みと》藩の老女となった妹の花野井《はなのい》ともども、絶世の美女として内外に知られていた。けっして表に出してはならぬはなしだが、家慶と閨《ねや》をともにしていると囁く側近もいる。

「噂はまことじゃ。嘆かわしいことに、上様は御台所の従者と契りを結び、骨抜きにされた。おぬしも存じておろう。一昨年の暮れ、御世嗣の政之助《せいのすけ》さまが毒を盛られかけたな。あれは病弱な政之助さまを嫌った家斉公の意を汲《く》んだ者の仕業《しわざ》だと、噂する者がおった。かような由々《ゆゆ》しき噂を流したのも、姉小路さまと慈雲であったにちがいない。上様の御心に大御所様にたいする瞋恚《しんい》の火種を植えつけ、煽りたてることで、自分たちの地位を盤石《ばんじゃく》なものにせんとしておるのじゃ」

「されど、まことに日光社参などできるのでござりましょうか」

「どうせできぬであろうと、つい先日まではわしも高《たか》をくくっておった。ところが、上様みずから評定《ひょうじょう》の席で奇策を口になされた。洋銀《ようぎん》売りじゃ」

「洋銀売り」

「ふっ、鬼役ごときにはわかるまい。かつて、この国には豊富な金銀があった。ところが、すべての山を掘り尽くして金銀貨に変え、挙げ句の果てには貯《たくわ》えたはずの金銀貨の多くが海の外へ逃げていった」

底を突きかけた金蔵《かねぐら》を眺め、幕閣の重臣たちは頭を抱えた。一方では海外から金銀を入手する方策を探り、目を向けたさきが南欧諸国から「ノバイスパニア」と呼ばれている墨国《メキシコ》だった。

墨国との関わりは二百年余りまえまで遡《さかのぼ》る。伊達政宗《だてまさむね》が支倉常長《はせくらつねなが》を長《おさ》とする使節団を送って道を拓《ひら》いて以来、幕府との交流も途絶えることなくつづいていた。金銀が豊富に採掘されることもわかっていたし、上方の廻船《かいせん》問屋を通じて物品を運ぶ海路も確保されてあった。

ことに、墨国で産される銀は「洋銀」と呼ばれ、幕府の強い意志で極秘に買いあつめられてきた。金ではなく銀を狙ったのは購入しやすかったのと、最大の交易相手でもある清《しん》国の流通貨幣《かへい》が銀だからであった。

「金品に無頓着《むとんちゃく》な上様が、どうしたわけか、御金蔵《ごきんぞう》に洋銀が唸《うな》っているのをご存じだった。評定の席で唐突《とうとつ》に、洋銀を売れと言いだされてな」

石高二十万石以上の譜代《ふだい》と外様大名《とざまだいみょう》へ法外に高い交換率で購入させ、日光社参の費用を捻出《ねんしゅつ》せよと発言したという。

「誰もが下を向くなか、ひとり水野越前守《みずのえちぜんのかみ》さまだけが膝を打った。『なるほど、その手がござったか』とな」

算勘《さんかん》に優れた水野忠邦《ただくに》は、洋銀を買わせて儲《もう》かる粗利《あらり》をそらで弾《はじ》いた。

意外にもそれは、十数万両におよぶ費用を補って余りある数字だった。

洋銀売却によって御金蔵が潤うのならば、日光社参はやったほうがよい。

賢い忠邦は逆に、御金蔵を潤すための大仕掛けとして日光社参を真剣に考えるようになった。

「切れ者の老中からもお墨付きを得て、上様はまんざらでもないご様子だったらしい。されどな、洋銀売却などという知恵は、誰かの献策でもなければおもいつかぬことだ。やはり、慈雲が囁いたとしか考えられぬ」

洋銀を大名たちに売れば、反撥《はんぱつ》を買うことは必至だった。

幕府の御金蔵は潤っても、肝心の忠誠心が涸《か》れてしまう。

大名たちにそっぽを向かれたら、幕府の屋台骨が揺らぐことにもなりかねない。

「外様大名たちは、爪を研《と》ぎながら雌伏《しふく》のときを過ごしている。上様も越前守さまも、まさか徳川家に弓を引く大名はおるまいと、勝手におもいこんでおられるのじゃ」

それは大きな錯覚だと、橘は言いたそうだった。

「いずれにせよ、越前守さまが賛同なされたとなれば、日光社参がお蔵入りになることは、まずあるまい。もしかしたら、こうした経緯もふくめて、すべて西ノ丸のほうへ筒抜けなのやもしれぬ」

大御所家斉が知れば、黙ってはおるまい。

日光社参は、唯一、自分が成し遂げられなかった大事《だいじ》。それを甘っちょろい息子にやらせてなるものか。

怒り心頭《しんとう》に発して家慶の命を狙わせたとしても、何ら不思議なことではなかった。

「御命日まで、あと半年もない。社参をやると決まれば、城内は上から下まで蜂《はち》の巣を突いたような騒ぎとなろう」

慈雲の言っていた「徳川家のいやさかをも左右しかねぬ」大事とは、日光社参のことかもしれない。

無論、行列には宗次郎も影武者として随伴を命じられるだろう。

橘が「上手に役目をまっとうできれば」と言ったのは、社参を意識してのことなのだ。

「大御所の家斉公は、どのような手段を使ってでも阻《はば》もうとするにちがいない。上様のお命を脅かす者は、何人《なんぴと》たりとも許すことはできぬ。蔵人介よ、万が一のときは」

そう発したきり、橘はことばを切った。

まさか、大御所家斉を葬れとでもいうのか。

「家慶公は徳川家の御家紋も同じ。三葉《みつば》葵《あおい》の御家紋を傷つけようとする者は、誰であろうと遠慮はいらぬ。御命により、御首級《みしるし》を頂戴するのじゃ」

怒りあげる橘のことばに、蔵人介は生唾《なまつば》を呑みこんだ。

日光社参《にっこうしゃさん》

一

半年後。

天保《てんぽう》九年、卯月《うづき》十三日朝。

日光御成《おなり》街道は本郷追分《ほんごうおいわけ》で中山道《なかせんどう》と分かれ、岩淵《いわぶち》、川口《かわぐち》、鳩ケ谷《はとがや》、大門《だいもん》、そして大岡《おおおか》氏の守る岩槻《いわつき》城下を経て、日光本街道の宿場町である幸手《さって》へといたる。

沿道に額《ぬか》ずく人々は、信じられない光景に息をするのも忘れていた。

瞳に映っているのは、煌《きら》びやかな甲冑《かっちゅう》に身を包んだ騎馬武者の軍団と長柄《ながつか》の槍《やり》を肩に担いだ足軽《あしがる》たちだ。旗指物《はたさしもの》も林立《りんりつ》している。三葉葵を筆頭に、蔦《つた》や桔梗《ききょう》や立木瓜《たちもつこう》などの家紋を染めぬいた旗がひしめいていた。

日光社参のために掻き集められた人員は、総勢十五万人とも十八万人とも言われている。

すでに、土井大炊頭利位の率いる下総《しもうさ》古河藩の家臣団は、先発隊として昨夜のうちに江戸城を出発していた。古河城は二日目の晩に宿泊地として予定されているので、出迎えの仕度をととのえておかねばならぬためだ。同様の理由から、一日目の宿泊地となる武蔵《むさし》岩槻藩と三日目の宿泊地に予定されている下野《しもつけ》宇都宮《うつのみや》藩の江戸勤《きん》番《ばん》勢力も先発隊に組みこまれていた。

本隊の先陣を構成するのは一大老五老中の率いる軍勢で、三葉葵とともに閃《ひらめ》く沢瀉《おもだか》の家紋は供奉《ぐぶ》役人の筆頭にまつりあげられた水野越前守忠邦のものだった。江戸勤番の家臣だけではとても足りず、国元の遠江浜松《とおとうみはままつ》からわざわざ家臣たちを呼びよせていた。

蔦《つた》の家紋は三河西尾《にしお》藩の松平和泉守乗寛《まつだいらいずみのかみのりひろ》、桔梗は遠江掛川《かけがわ》藩の太田備後守資始《おおたびんごのかみすけもと》、黒餅《くろもち》に立木瓜は下総佐倉《さくら》藩の堀田備中守正篤《ほったびっちゅうのかみまさあつ》、輪違いは播磨龍野《はりまたつの》藩の脇坂中務大輔安董《わきさかなかつかさだいふやすただ》と、いずれも老中たちの家臣団がつづく。

ひときわ目立つ赤備えの軍勢は、井伊《いい》家のものであろう。大老井伊掃部頭直亮《かもんのかみなおあき》みずから率いる主力には、総赤で招きに「八幡大菩薩」と書かれた旗指物が揺れ、彦《ひこ》根橘《ねたちばな》の家紋旗や金の蠅取《はえとり》の馬印《うまじるし》などもみえる。

幕閣重臣の軍勢に守られるように公方家慶の精鋭《せいえい》が配され、これに御三家の家臣団が後続していた。さらに、御三家の背後には関八州《かんはっしゅう》大小五十余藩の藩士たちが随従《ずいじゅう》しており、武蔵国の川越《かわごえ》藩と忍《おし》藩、上野国《こうずけのくに》の前橋《まえばし》藩と高崎《たかさき》藩と館林《たてばやし》藩などは道中の案内役として国元の軍勢が陸続《りくぞく》と参集《さんしゅう》することになっていた。

さらに凄まじいのは、社参行列の半数以上を占める後方勢力である。それは石高二十万石を超える大藩十八家によって構成されていた。

白地に二引両と南部鶴《なんぶつる》、白地に梅鉢《うめばち》の加賀前田《かがまえだ》、竹に雀《すずめ》の伊達仙台笹《だてせんだいざさ》、一文字三星の長州毛利《ちょうしゅうもうり》、丸に卍《まんじ》の阿波蜂須賀《あわはちすか》、紺地に藤巴《ふじともえ》の筑前黒田《ちくぜんくろだ》、白地に黒九曜《くろくよう》の肥後細川《ひごほそかわ》、丸に十字の薩摩島津《さつましまづ》と、風にはためく指物《さしもの》を眺めただけでも武者震《むしゃぶる》いを禁じ得ない。

いずれも、幕府から割高《わりだか》な墨国《メキシコ》の洋銀を買わされた連中だ。おかげで、社参の膨大な費用は捻出できた。

大名たちにしてみれば踏んだり蹴ったりのはなしだが、金を出しただけでは済まされず、譜代も外様も石高によって参加兵力を割りふられ、行列の順番なども厳密に定められた。ところが蓋《ふた》を開けてみれば、遠国《おんごく》大名は国元から家臣団を呼びよせるわけにもいかず、行列のなかには臨時雇いの浪人や百姓たちが大勢ふくまれていた。

そうした実情など、沿道の人々にはわからない。威風堂々《いふうどうどう》と進む甲冑武者たちの勇姿は、目を瞠《みは》るほど頼もしい光景にほかならなかった。

長蛇《ちょうだ》とつづく行列の歩みはしかし、牛のように鈍《のろ》い。

なにしろ、本陣の連中が川口宿の錫杖寺《しゃくじょうじ》で中食《ちゅうじき》をとっていたころ、後続部隊はまだ江戸の各所に散らばっていた。先頭が荒川《あらかわ》手前の岩淵に到達した今も、殿軍《しんがり》はまだ千代田城のそばで蜷局《とぐろ》を巻いているのである。

行列のおもむくさきは関ヶ原《せきがはら》ではない。神君《しんくん》家康の眠る日光山《にっこうさん》であった。

「止まれい」

号令《ごうれい》が掛かった。

狭い街道から見晴らしの良い河原へ出ると、先陣の水野忠邦から黒母衣《くろほろ》を背負った使番《つかいばん》が馳せさんじた。

これを駕籠《かご》に乗る家慶へと伝える役目は、本来ならば小姓組番頭の橘右近がつとめるはずなのに、取次役《とりつぎ》としてしゃしゃり出てきたのは、ひとりだけ錦糸《きんし》の袈裟《けさ》衣《ごろも》を纏《まと》った伽衆の慈雲であった。

「上様、越前守さまより、荒川を渡河《とか》すべきか否かのご確認にござります」

忠邦は空模様を気にしていた。さきほどから黒雲が厚みを増しているからだ。

駕籠の主は黙して返答できない。

じつは、影武者の佐平であった。

本物の家慶は、馬に乗った近習のなかに紛れている。

もうひとりの影武者である望月宗次郎も馬上《ばじょう》にあり、錚々《そうそう》たる行列に胸を高鳴らせていた。

それらすべてを、蔵人介はこれも馬上からみつめている。

なぜ、日光社参などというばかげたことをやらねばならぬのか。

道々、その理由をずっと考えつづけた。

要は、家慶が実父家斉にたいして、みずからの威勢をみせつけたいだけのことだ。

何万もの軍勢を率いて日光へ向かうことこそが父を超える唯一の方法なのだと、家慶は信じている。

当然のごとく、大御所家斉は怒りをあらわにした。

ただし、神君家康の御霊《みたま》を弔うという大義名分《たいぎめいぶん》があるかぎり、表立って反対はできない。

心中は察するに余りあった。殺意すら抱いていることだろう。

そもそも、父の情など持ちあわせていないのだ。みずからの権勢を侵す者があれば、たとい実子であろうとも排除しようとする。それが蔵人介の知る大御所家斉にほかならない。

「人生は重き荷を負いて長き道を行くがごとし」

大権現家康のことばを、経のように唱えてみる。

数々の修羅場を踏んで神となった家康は、激しく火花を散らすおのが末裔《まつえい》たちのすがたを、どのような気持ちで眺めているのだろうか。

河原を渡る風は湿気をふくみ、分厚い雨雲を呼びよせていた。

ぽつぽつと冷たいものが顔に当たり、ざっと雨が降りだす。

重臣たちは馬の手綱《たづな》を引き、流れの夙《はや》い川の様子を窺《うかが》った。

あきらかに、二の足を踏んでいる。

「渡河じゃ、何をぐずぐずしておる」

突如、近習のなかから疳高《かんだか》い声があがった。

本物の家慶だ。

「はいやっ」

馬に鞭をくれ、一頭だけ突出する。

短慮《たんりよ》というよりほかにない。

「つづけ、つづけ」

小姓組組頭の棟田十内が叫ぶや、精鋭の騎馬軍団が水際へ殺到していった。

蔵人介も宗次郎も後れを取るまいと馬を操り、影武者の佐平は駕籠から降りてあたふたと走りだす。

驚いたのは、先陣にとどまっていた老中たちと家臣団だ。

下手に動けば混乱をきたすので、指をくわえて眺めるしかない。

浅瀬を探して行きつ戻りつする旗指物が情けなくみえた。

佐平は輿《こし》に移り、屈強《くつきよう》な陸尺《ろくしやく》たちに担がれている。

これをみて、ようやく老中たちの軍勢が動きはじめた。

一方、槍《やり》のように突出した騎馬の群れは、すでに水飛沫《みずしぶき》をあげている。

「それ、わしにつづけ」

家慶は狂喜したように叫び、周囲を煽りたてた。

合戦場《かっせんば》に身を置いたのと同じ興奮を感じているのだ。

小姓たちも同調し、なかには雄叫《おたけ》びをあげる者すらあった。

蔵人介は水飛沫を浴びながら、薄暗い対岸に目を凝《こ》らす。

乾いた筒音を聞いたようにおもったが、気のせいだろう。

家慶のそばには、吹上で刺客を斬った平井又七郎のすがたもあった。

黒糸威《くろいとおどし》の鎧《よろい》を纏い、斑馬《まだらうま》を巧みに操っている。

棟田は腕の立つ平井を重宝がり、家慶のそばにいつも配していた。

小姓の多くは佐平を本物とおもわされていたが、蔵人介は出立《しゅったつ》の時点から真贋の判別がついている。

本物の家慶を中心とした一団は、川のなかほどに近づいていた。

幸いにも浅瀬ゆえ、鞍《くら》まで水に浸かることはない。

家慶のそばには、宗次郎のすがたもあった。

「近すぎるぞ」

と、蔵人介は吐きすてた。

影武者は本物と離れてこそ真価を発揮する。

影となってそばにあっては意味をなさない。

その声が届いたのか、宗次郎は離れだした。

よくみれば、白髪の老臣が後ろに従《つ》いている。

古木助八だ。

影武者の指南役も、社参に駆りだされていた。

家慶はとみれば、深みに嵌《はま》りかけている。

「のわっ」

馬から落ちた。

本物を守るように命じられていた小姓たちが馬から飛びおり、必死に家慶を救いあげる。

――ぱん。

雨音を裂くように、乾いた筒音が鳴った。

「集まれ」

小姓たちが一斉に駆けより、家慶のまわりに盾をつくる。

蔵人介は馬上で背を伸ばし、対岸を透《す》かしみた。

焚《た》き火《び》をしている野良着の連中がいる。

――ぱん。

火が爆《は》ぜた。
筒音ではない。
そのとき、対岸に一番乗りしていた小姓が斑馬から飛びおりた。
「おのれっ」
水際を駆けながら抜刀し、焚き火の連中に向かっていく。
「やめろ、やめるのだ」
蔵人介の叫びは雨音に掻き消された。
——ぱん、ぱん。
爆ぜた火が周囲に飛びちる。
刮目《かつもく》すれば、血塗《ちまみ》れの刀を提《さ》げた小姓だけが崩れた焚き火のそばに佇《たたず》んでいた。
平井又七郎だ。
まちがいない。
「莫迦《ばか》め、先走りおって」
蔵人介は怒りに顎を震わせ、鹿毛の尻を叩いた。
家慶は小姓たちに支えられ、どうにか対岸にたどりつく。
蔵人介と宗次郎もつづき、佐平も輿で運ばれてきた。

誰もがみな、ずぶ濡れだ。
目を開けていることすら難しい。
篠突《しのつ》くような雨に変わっていた。
振りむけば、老中たちの率いる家臣団がつづいている。
だが、大人数で一斉《いっせい》に渡りきれるものではない。
赤備えの井伊家家臣団などは横に長々と広がり、黙然《もくねん》と順番を待っていた。
川はすぐさま水嵩《みずかさ》を増し、軍勢の進行を阻むにちがいない。
誰かの意図したことではないが、後続部隊との分断は避けられまいとおもわれた。
蔵人介は鹿毛から降り、焚き火のあったあたりへ向かう。
罪もない者たちの屍骸《むくろ》が転がっていた。
「ぬう」
衝《つ》きあげる怒りを抑え、河原を囲む雑木林の奥を睨みつける。
公方の命を狙う者が潜んでいるような気がしてならなかった。

二

同夜、岩槻城内。

二万三千石の岩槻藩を統《す》べるのは、第六代藩主の大岡主膳正忠固《おおおかしゅぜんのかみただかた》である。

年齢は四十代なかば、養子ゆえに、旗本から大名に昇進した藩祖大岡忠光《ただみつ》と血の繋がりはない。日光祭礼奉行や奏者番《そうしゃばん》を経て若年寄に昇進を果たし、見掛けも堂々とした殿様だが、家慶からは「捨五郎《すてごろう》」の幼名で呼ばれている。「捨、捨」と犬のように呼ばれても、嫌な顔ひとつみせずに応じる様子が卑屈《ひくつ》に感じられることもあった。

城内の大広間においては、さきほどから重臣たちが額を寄せあっている。

家慶はいない。

荒川の渡河で疲れきり、夕餉《ゆうげ》を済ませて早々に床へはいった。

影武者の宗次郎と佐平も、今ごろは控え部屋で泥のように眠っていることだろう。

雨は熄《や》む気配もなく、待てど暮らせど後続部隊からの連絡《つなぎ》はない。

しかも、先陣を構成していた一大老五老中のうち四人までが渡河できておらず、肝心の水野忠邦もそのなかにふくまれていた。

どうにか家慶本隊に追随できた老中は、遠江掛川藩の太田資始と播磨龍野藩の脇坂安董である。若いほうの資始は忠邦と折りあいがよくないことで知られ、老骨《ろうこつ》の身で参じた安董は大御所家斉によって見出された人物だった。皮肉なことに、ふたりは昨年の評定で日光社参に反対していた。

円座のまんなかには、日光までの道程をしめす絵図と行程表がひろげられている。行程は往路で三泊四日、日光山での連泊を経て、復路は往路の逆をたどるものとされた。大所帯にしてはかなりの強行軍だが、家康の命日である十七日の参拝に遅れるわけにはいかなかった。

軍議のような雰囲気の評定を仕切るのは、老練《ろうれん》な脇坂安董である。

かたわらには軍師よろしく、丸眼鏡の橘右近が控えていた。

蔵人介も橘に命じられ、末席に控えさせられている。

「誰か、今ある供人の数を正確に知る者はおらぬか」

安董に水を向けられ、橘が嗄れた声で応じた。

「渡河できましたのは上様本隊と先陣の一部、すべて合わせても一千に満たない数にござりまする」

「確かか」

「はい」

「十八万がたったの一千になろうとはな。ふん、嘆かわしいことよ」

「後続は雨が熄《や》むまで足止めを余儀なくされまする。最低でも二、三日の遅れを見込まねばなりますまい」

「それでは御命日に間に合わぬな」

「一千の兵力が保持できただけでも儲けものと、前向きに考えるしかござりませぬ」

「右近よ、おぬしは今、兵力と申したな。供奉する供人を兵力と呼ぶ理由は何じゃ」

「恐れながら、こたびの社参は合戦場へおもむくも同じ。死ぬる覚悟をもって進まねばならぬほどの一大事と心得ておるからにござりまする」

「ふん、なるほど」

ふたりのやりとりは、刀を持たぬ申しあいにも感じられた。

末席で拝聴しているだけでも、肩に余計な力がはいってくる。

脇坂家の先祖は、賤ヶ岳七本槍《しずがたけしちほんやり》のひとりとして武名《ぶめい》を馳《は》せた脇坂安治《やすはる》だ。荒武者の血を引く安董は寺社《じしゃ》奉行であったころに華々《はなばな》しい功績をあげ、但馬出石《たじまいずし》藩仙石《せんごく》家のお家騒動に関わる裁きでは老中首座《しゅざ》の松平康任《やすとう》を失脚に追いこんだ。そののち、外様としては徳川幕府はじまって以来の老中となったが、このとき安董を抜擢《ばってき》したのが大御所の家斉にほかならなかった。

家斉への恩義《おんぎ》は山よりも高いと感じているはずで、七十に近い老体に鞭打《むちう》って日光詣《もう》でに参じたのも、みずからを家慶の目付役と定めてのことだった。

そうした背景のある安董を、橘は疑っている。

家斉の意を汲み、いざとなれば家慶を裏切るのではあるまいか。

下手をすれば、先々の宿泊先が「本能寺《ほんのうじ》」ともなりかねぬ。

身震いしたくなるほどの危うさを孕《はら》みつつ、行列は日光をめざさねばならない。

「行くも地獄、行かぬも地獄。ならば、行かねばなるまいか」

橘や蔵人介の心中を察しているかのように、安董は重厚な声を響かせる。

「恐れながら」

発言を求めたのは、末席近くに座す脇坂家の宿老《しゅくろう》だった。

「大岡主膳正さまに、お尋ね申しあげたきことがござりまする」

「ん、何でござろう」

すっかり影の薄くなっていた城の主人が、眠そうな眸子を向ける。

「されば、お尋ね申しあげまする。大岡主膳正さまのお手勢《てぜい》はいかほどの人数にござりましょう。拝察《はいさつ》いたしまするに、城兵の数は三百に満たぬやにおもわれまする。兵ばかりではござらぬ。城下の沿道でも里人《さとびと》の出迎えはほとんど無きに等しく、いかに雨中とは申せ、首をかしげざるを得ませなんだ」

大岡忠固は眸子を怒らせ、宿老を睨みつけた。

そこへ、安董が絶妙の間合いで割ってはいる。

「いや、申し訳ない。主膳正どの、当家の宿老は播磨の山出し者ゆえ、口の利き方を知らぬ。どうか、お怒りをお鎮めいただきたい」

安董に頭を下げられ、年下の忠固は恐縮してみせる。

「何も怒ってなどおりませぬよ。さ、お顔をおあげくだされ」

「さようか。なれば、わしからもあらためてお聞きしよう。城兵が少ないのは、なぜであろうかの」

忠固は口をへの字に結び、容易にはこたえない。

たまらず、大岡家の宿老がこたえた。

「恐れながら、領民の一部に不穏《ふおん》な動きがござりまする。それゆえ、城兵の半数を領内の数箇所へ差しむけました。里人たちも不穏な動きを察知し、ほとんど家に籠《こ》もっておりまする」

安董は大きな眸子をぎろりと剝いた。

「不穏な動きとは何じゃ。まさか、一揆《いっき》ではあるまいの」

大岡主従の返事はない。

安董の指摘は的《まと》を射ていた。

岩槻領内では厳しい年貢《ねんぐ》米の徴収に耐えきれぬ百姓たちが、連日のように筵旗《むしろばた》を掲げて代官《だいかん》屋敷を襲っていたのだ。城兵までも割《さ》かねばならぬほどの緊急事態であるにもかかわらず、大岡忠固は報告を怠《おこた》った。幕府の知るところとなれば、岩槻藩の行く末に暗雲《あんうん》が垂れこめる。秘密にしたがる心理もわからぬではなかった。

忠固は床に両手をついた。

「どうか、上様にはお伝えくださされますな。百姓どもが暴挙《ぼうきょ》に出たとしても、わが城兵の手で食いとめてみせまするゆえ、どうか、このことはご内密に願いまする」

「ふうむ、弱ったのう。備後守どのはどうおもわれる」

唐突に水を向けられ、評定の二番手格でもある太田資始は面食らった。

「どうもこうも、進まぬわけにはまいりますまい。百姓相手に籠城《ろうじょう》など、さようなはなしは聞いたことがござらぬ」

「なはは、備後守どのがそう仰せになるならば、さっそく出立の仕度にとりかからねばなるまい」

すかさず、橘右近が明日以降の行程をよどみなく説きはじめた。

「明朝に出発したのち、午ノ刻《うまのこく》までには幸手宿へたどりつかねばなりませぬ。中食は同宿の聖福寺《しょうふくじ》にてとり、本街道を半日ほど進めば古河城下にいたりまする。古河城では土井大炊頭さまと先発部隊がお待ちのはず。下野や上野からも国元の家臣団が参集いたしましょう」

「古河か」

と漏らす安董の心中を察することはできない。

評定にくわわった面々には、悲愴《ひそう》な蔭《かげ》が宿っていた。

古河へ着くまでの道程は、二日にも三日にも感じられることだろう。

拳を固めて頭を垂れる大岡忠固のすがたが、行く手の困難さを物語っていた。

三

二日目、十四日午ノ刻。

江戸から日光へいたる道筋のうち、より多くの参詣者がたどるのは浅草橋《あさくさばし》から千住大橋《せんじゅおおはし》を経て草加松原《そうかまつばら》を抜け、越谷《こしがや》、粕壁《かすかべ》、杉戸《すぎと》、幸手へと向かう日光街道である。降りしきる雨のなか、日光御成街道をたどった社参の行列は、岩槻領内の不穏な動きを尻目に幸手宿を指呼《しこ》においた。

中食に予定されているさきは、宿場外れにある聖福寺である。阿弥陀如来《あみだにょらい》を本尊とする同寺は浄土宗知恩院《ちおんいん》の末寺として開山《かいざん》され、日光社参をおこなった歴代の将軍のみならず、帝の代理で京から日光へ参拝に訪れる例幣使《れいへいし》の休息にも利用される。優雅な唐破風《からはふ》の四脚門は、将軍と例幣使にしか潜ることを許されぬ山門だった。

家慶もさぞや、腹が空いたにちがいない。

歩きつかれた足軽たちは、中食の休息を待ちのぞんでいる。

やがて、街道の追分が迫ってきた。

道端には黄色くて小さな都草《みやこぐさ》が並んでいる。

微《かす》かに芳香を放っているのは、ひと叢《むら》の白い茨《いばら》だった。

目印の榎木《えのき》までたどりつければ、道幅の広い日光街道が左右に延びているはずだ。

と、そのとき。

影武者の佐平を乗せた網代《あじろ》駕籠に狙いを定め、沿道から飛びだしてきた者があった。

「お願いにござります。百姓の訴えをお聞きとどけくださりませ」

野良着姿の三十男だ。

手にした割竹《わりだけ》に訴状を挟んでいる。

竹を槍のように突きだし、必死に叫びつづける。

「お願いにござります。訴えを、訴えを……」

足軽たちは槍を青眼《せいがん》に構えたが、男を威嚇《いかく》することもできない。

おそらく、こちらも手伝い普請《ふしん》に駆りだされた百姓たちなのだろう。

割竹の男は怯まず、なおも声を張りあげた。

「公方様、わたしらの米櫃《こめびつ》は空にござります。お納めする米はこれっぽっちもござりませぬ。どうか、どうかお慈悲を」

「ええい、黙れ」

小姓たちが殺到し、なかには白刃を抜く者もあった。

これを制御《せいぎょ》する役目の棟田十内は本物の家慶に随行し、遥か前方を進んでいる。

蔵人介が後ろから止めようとしたとき、駕籠のなかから蚊の鳴くような声が聞こえてきた。

「待て、待たぬか」

佐平だ。

小姓たちの動きが止まる。

つぎの瞬間、女の悲鳴があがった。

――ぎゃあああ。

小姓の斬りさげた刀が、割竹男の頭に食いこんでいる。

隣で返り血を浴びた女房が大きな腹を抱え、この世の終わりでもみたかのように叫んでいた。

小姓も全身を返り血で染め、男の頭に深々と食いこんだ刀を抜こうとしている。

網代駕籠のなかから、絹の衣を纏った佐平が転げでてきた。

「……な、何ということを」

小姓たちを押しのけ、ふらつく足取りで道端に近づく。

そして、血達磨《ちだるま》になった小姓の腰に縋《すが》った。

「おやめくだされ。酷《ひど》いことは……お、おやめくだされ」

もはや、息継ぎもままならない。

石仏《せきぶつ》のように固まった小姓の後ろには、刀が頭に刺さった状態で死んだ百姓が横たわっていた。

屍骸のそばに両膝をつき、子を孕んだ女房が惚けた顔で佐平をみつめている。

もちろん、女房は佐平の正体を知らない。公方だとおもいこんでいる。

驚きの余り、ことばを失っていた。

なにせ、公方が地べたに這いつくばり、小姓の裾を握っているのだ。

気づいてみれば、沿道には野次馬たちが集まっていた。

佐平は消えいりそうな声で懇願しつづける。

「……た、頼む。頼むから、やめてくれ」

小姓は眸子を瞠り、小刻みに顎を震わせた。

「うおっ」

叫びあげるや、佐平の手を振りほどき、その場に尻を落とす。

「ごめん」

何をするかとおもえば、襟をひろげて腹をさらし、脇差を抜きはなった。

「ぬおっ」

先端を腹に突きたてる。

真一文字に掻っさばいてみせた。

「ひぇっ」

佐平は腰を抜かし、動くこともできない。

救おうとする小姓もおらず、蔵人介だけが駆けよった。

「上様、お気を確かに」

後ろから羽交《はが》い締めにし、ずりずりと引きずっていく。

列の前方から蹄《ひづめ》の音が近づいてきた。

小姓たちをまとめる組頭の棟田が異変に気づいたのだ。

「何をしておる」

馬上から一喝《いっかつ》され、蔵人介は鼻白《はなじら》んだ顔を持ちあげた。

「みてのとおりだ。おぬしの配下が訴状を掲げた百姓を斬り、みずからの腹も切りおった」

「ちっ」
棟田は舌打ちし、小姓たちに屍骸の始末を命じる。
放心した妊婦《はらみおんな》を残し、行列は何事もなかったように進みだした。
「人でなし、人でなしの弱虫公方」
遠く田圃《たんぼ》の畦道《あぜみち》で、悪童たちが叫んでいる。
降り熄まぬ雨のなかを悄然《しょうぜん》と歩む行列は、葬送の列にもみえた。
網代駕籠の内からは、啜り泣きが聞こえてくる。
随行する小姓たちは、佐平の正体を見抜いていた。
本物の家慶は、呑気《のんき》な顔で馬の背に揺られているはずだ。
蔵人介は振りかえり、後続する一団のなかに宗次郎を捜した。
「おらぬか」
宗次郎が悲惨な出来事を目にしなかったのは、せめてもの救いだった。
行列は榎木のさきを左手に折れ、旅人で賑《にぎ》わう幸手の宿場へたどりついた。
家慶が聖福寺の山門を潜ったら、すぐさま、中食の毒味をしなければならない。
蔵人介は久方ぶりに、役目を降りたいと感じていた。
嫌なものをみてしまったせいか、胸のつかえがとれない。

このような心持ちで、味の微妙な判別がつくのかどうか。

行く手には、雨に烟《けぶ》る四脚門が聳《そび》えている。

日光までの道は遠い。

いまだ行程の半分も稼いでいないことが信じられなかった。

四

同夜、雨。

社参の行列は無事に古河城下へたどりついた。

土井大炊頭利位は物見《ものみ》から逐一《ちくいち》報告を受けていたので家慶主従の苦境を知っており、みずから宿場の入口まで出迎える気の入れようだった。

家慶自身も少しは不安を感じていたのか、頼り甲斐のある利位をみて顔に安堵の色を浮かべた。

利位は家臣団を率いて先発していたこともあり、城内は具足《ぐそく》の擦れあう物々《ものもの》しい雰囲気に包まれていた。家慶を上座に置いた評定で供人の数は全部合わせても約二千人であることが確認されると、あまりの少なさに声を失った家慶は怒る気力も失い、早々に閨《ねや》へ引っこんだ。

不測《ふそく》の事態が起こったのは、疲れきった供人たちが寝静まった真夜中のことだ。

佐平が消えた。

「捜せ。草の根を分けてでも捜しだせ」

見張りに報告を受けた棟田は小姓たちを叩きおこし、馬に鞭をくれるほどの勢いで唾を飛ばす。

しばらくして城外へ逃げたものと判明するや、騒ぎは一段と大きくなった。

番士たちも駆りだされ、古河城下には松明《たいまつ》や龕灯の光が飛びかいはじめた。

「殺すな。殺してはならぬ」

掠れた声で叫ぶのは、坊主頭の慈雲である。

夜の城下はさながら影武者狩りの様相《ようそう》を呈《てい》し、異変に気づいた宿場の人々も往来へ顔を出す始末だった。

蔵人介も従者の串部をともない、城外へ繰りだした。

振りむけば、篝火《かがりび》に映しだされた城門が空恐ろしげに聳えている。

「どうせ、遠くまでは逃げおおせまい」

串部はひとりごち、漆黒《しっこく》の闇に目を凝らす。

藪のなかには、赤い目が光っていた。

山狗《やまいぬ》にしては小さい。

狸《たぬき》か鼬《いたち》であろう。

串部が溜息混じりに声を掛けてきた。

「殿、佐平は逃げぬと仰いましたな」

「ああ、言った」

蔵人介は「お役目に誇りを感じております」と発した佐平の真剣な顔を忘れることができない。

「公方さまのお役に立っている、そうおもっただけで身震いするほどの喜びを感じるのだと、佐平は言った。あのことばに偽りはない」

「されど、あやつは逃げました。百姓とはそういうものにござります。米蔵を漁《あさ》る鼠のように、いつもおどおどしている。いざとなれば尻尾《しっぽ》を巻いて逃げるしか能がない、誇りとは無縁の連中なのでござるよ」

「串部よ、本気で申しておるのか」

「えっ」

「それ以上、賢《さか》しらなことを抜かすようなら、江戸に戻って女たちの世話でも焼いておれ」

「何をお怒りなのでござりますか」

「わからぬのか。佐平は逃げたのではない。昼間の惨事を無かったことにしてしまうのが許せなかったのだ」

逃げたと装い、抗う姿勢をみせたかったにちがいない。割竹を突きだして窮状を訴えた百姓のことを、そして、みずからの沽券を守るために腹を切った小姓のことを、せめて、家慶に知ってほしかったのだ。

「逃げたとわかれば、命を落とす公算も大きい。それでも、佐平は城を飛びだした。命懸けで上様に訴えたかったのさ。地べたに這いつくばる者たちの気持ちを汲んでほしいとな、心の底から訴えたかったにに相違ない」

串部は理解できるのか、恥じいるように項垂《うなだ》れた。

そこへ、人の気配が近づいてくる。

振りむけば、白髪の老臣が立っていた。

「もしや、鬼役の矢背蔵人介どのではござらぬか」

「ん、そう仰る貴殿は」

「古木助八にござる」

毅然《きぜん》と名乗る老臣は、皺顔でにっこり笑う。

蔵人介は、ほっと肩の力を抜いた。

「やはり、古木どのでござったか。宗次郎がお世話になりました」

「いやなに、宗次郎さまはご自身のご努力で立派な影になられた。短い期間にようもあそこまでになられたと、わしとて驚いており申す」

「佐平も、古木どのがご指南されたと聞いております」

「さよう。あやつもなかなか、骨のある男でござる。じつは、矢背どのがはなしておられるのを立ち聞きしてしまいましてな。佐平のことをようわかっておいでなので、感じ入った次第にござる」

蔵人介は苦笑する。

「古木どので助かりました。ほかの誰かに聞かれ、告げ口でもされたら、この首が飛んでおったやもしれませぬ」

「それはござるまい。鬼役どのにさようなことをいたせば、御小姓組番頭の橘さまが黙ってはおられぬ」

「ん」

蔵人介も串部も警戒する。

公人朝夕人を除いて、橘との関わりを知る者はいないはずだ。

「宗次郎さまからお聞きしたのでござるよ。橘さまはお若いころから矢背志乃さまと昵懇《じっこん》になされており、矢背家ご当主の蔵人介どのとも浅からぬ関わりにあるとな。そこでじゃ、ひとつ相談に乗っていただけませぬか」

「ほう、何でござろう」

「佐平のことでござる。橘さまにお取りなしいただき、あやつめの罪を減じてもらえると助かるのじゃが」

「仰ることがよくわかりませぬ」

「なれば、あやつを呼ぼう」

古木が空咳《からせき》を放つと、後ろの木陰から人影がひとつあらわれた。

「……う、上様」

と言いかけ、蔵人介は息を呑む。

佐平であった。

面窶《おもやつ》れしていて覇気《はき》がない。

古木が力無く笑う。

「こやつ、わしを捜しておったようでな。自分のしでかしたことの大きさがわからず、おんおん泣いてばかりおる。影が嫌なら抜けてもよいのだと諭《さと》しても、途中で抜けるような卑怯《ひきょう》なまねだけはしたくないと抜かす。まあ、とにもかくにも哀れな男ゆえ、わしもできるだけ力になってやりたい。どうであろうな、矢背どの」

「承知いたしました」

蔵人介が即答すると、古木は入れ歯をもごつかせる。

「驚き申した。即答いただくとは、ありがたい」

「橘さまにさっそくお目通りし、佐平の罪を減じていただきましょう」

「……か、かたじけのうございます。鬼役さま」

佐平は声を震わせ、地べたに土下座《どげざ》をした。

そこへ、騒々《そうぞう》しい一団がやってくる。

松明を手にした小姓どもだ。

「あっ、おったぞ。影じゃ。影を捕らえよ」

勇んで駆けてくるなかには、刀の柄《つか》に手を掛ける者もあった。

蔵人介がおもわず膝を乗りだすと、横から串部に遮《さえぎ》られた。

「ここは拙者に」

言うが早いか、佐平の盾となり、小姓たちの面前に押しでる。

「なにやつじゃ」

問われて串部は、朗々《ろうろう》と名乗ってみせた。

「御膳奉行矢背蔵人介が従者、串部六郎太にござる。あれにおわすは家慶公なるぞ。おのれら、頭《ず》が高い。ほれ、腰を折って両手をつかぬか」

抜刀しかねぬほどの迫力に気圧《けお》され、小姓たちは一斉に平伏した。

五

十五夜の月を拝むことはできそうにない。

行程の三日目も朝から空は雨雲に覆われた。

縦に長々と延びた行列は小金井《こがねい》宿の慈眼寺《じげんじ》で中食をとり、夕暮れまでに宇都宮藩七万石の城下町へたどりついた。

使番によれば、後続部隊はいまだ荒川の手前で足止めを食っているらしい。

それでも、奏者番をつとめる城主戸田《とだ》日向守忠温《ひゅうがのかみただはる》の家臣団約八百人が行列にくわえられた。

評定を仕切るのは家慶の信頼も厚い土井利位だが、ことあるごとに年嵩の脇坂安董が異を唱えた。主張の中味は社参の意味を問うもので、安董は「三千にも満たぬ供人で日光へ参っても徳川家の威光を天下に轟《とどろ》かすことはできぬ。かえって威光を地に堕《お》としかねぬので、ここはひとつ、とりやめにしてはどうか」とまで発言し、一同の失笑《しっしょう》を買う始末だった。

しかし、安董の発言にも一理《いちり》ある。

徳川家の将軍がたった三千の供人をしたがえて日光社参を強行した例はない。これが戦国乱世《せんごくらんせ》の最中ならば、このまますさきへ進むという選択はあり得なかった。関八州に散らばった豪族や野武士《のぶせり》たちが、先を争って将軍の首級《しるし》を狙うことは目にみえているからだ。

無論、今は群雄割拠《ぐんゆうかっきょ》する乱世ではない。

徳川家の天下は二百年余りもつづき、供人たちは平和に馴れきっている。

三千の「兵力」で日光街道を進むことがどれだけ危ういかという認識もない。

安董はそのことを言いたいのだ。

「三千ではどうにもなるまいが」

怒りを込めた物言いには、一同を震えあがらせる迫力がある。

もっとも、主役の家慶が鎮座《ちんざ》していたら、こうした発言はできなかったであろう。

安董には外様大名としての遠慮があった。

ともあれ、家慶は評定に顔を出す気もないようだ。

失踪しかけた影武者のことを話題にする重臣もいない。

蔵人介の取りなしが功を奏し、佐平が罪に問われることはなかった。

だが、佐平の願いも虚《むな》しく、駕籠訴におよんだ百姓とこれを阻止しようとした小姓の死が公方の耳にもたらされることもなかった。

不毛な評定は終わり、蔵人介は控え部屋にさがった。

と、そこに。

小岩ほどの人影が、気配もなく待ちかまえていた。

「うっ」

身構えるや、低い笑い声が漏れる。

「くふふ、蔵人介どの、わしでござるよ」

「猿彦《さるひこ》か」

「お久しぶりでござる」

猿彦は八瀬の男だ。

雲を衝くほどの大きさだが、素早い動きをする。脚力のみならず膂力《りょりょく》にも優れ、御所の鬼門を守る猿として表向きは駕籠衆《かごしゅう》を率いるが、裏では帝と通じる近衛家《このえ》の密命を果たす役目を帯びていた。

蔵人介が猿彦を知ったのは、最近のことだ。事情《わけ》あって十数年も別れて暮らしていた猿彦の妻が、江戸で非業《ひごう》の死を遂げた。蔵人介は妻殺しの下手人とまちがわれて命を狙われかけたが、志乃の仲立ちで誤解が解け、ともに仇討《あだう》ちを果たした。

そのとき、猿彦は志乃を救おうとして、右肘《みぎひじ》から下を失った。

ところが、どうしたわけか、右腕がにょっきり生えている。

「偽《に》せの手にござるよ。なかなか重宝な代物《しろもの》でな」

猿彦はぶんと偽せの手を振りまわし、背後の床柱《とこばしら》を砕いてみせた。

「ふん、安普請じゃな」

「あいかわらず、加減を知らぬ男よ」

「志乃さまは息災にしておられましょうか」

「薙刀を振りまわしておられるわ」

「ふはは、さすが、叔母上《おばうえ》じゃ」

猿彦は志乃と血が繋がっていない。

幼い時分に可愛がってもらった記憶があり、親しみを込めて「叔母上」と呼ぶのだ。

しかし、故郷を捨てた志乃の立ち位置は微妙だった。

八瀬衆のなかには、憎しみを抱く者もあるという。

「ところで、こんなところへ何をしにまいったのだ」

「公方の首でも頂戴しようとおもいましてな」

「何じゃと」

蔵人介は殺気を帯びる。

「おっと、お待ちなされ」

猿彦は八《や》つ手《で》のような掌《てのひら》を持ちあげた。

「さすが、いざとなれば公方の盾となる鬼役どのじゃ。下手をすれば、首を失いかねぬわ。ふふ、ご安心めされい。西ノ丸に寔子《ただこ》さまがおわすかぎり、近衛家が公方に手を下すことはござりませぬゆえ」

前将軍家斉の隠居にともない、みずからも「大御台様《おおみだいさま》」と呼ばれるようになった寔子こと茂姫《しげひめ》は、薩摩藩の元藩主島津重豪《しげひで》の娘だった。家斉が御三卿《ごさんきょう》一橋《ひとつばし》家の世嗣であったころに婚約し、将軍となるにあたって家格を理由に婚約を破棄されかけたところ、重豪が島津家と縁続きの近衛家に泣きを入れ、ときの当主だった近衛経《つね》熙《ひろ》の養女として輿入《こしい》れすることで決着をはかった。

爾来《じらい》、近衛家は幕府と浅からぬ関わりにあるものの、あくまでもそれは帝御身の保全をはかる手管《てくだ》のひとつにすぎない。

「例幣使の駕籠を担ぎ、京からまいったのでござるよ」

「なるほど」

そういえば、帝の名代《みょうだい》として毎年参詣を義務づけられている例幣使も日光への道をたどっているのだと、蔵人介は今さらながらに気づかされた。

猿彦によれば、羽林《うりん》家の山井氏綱《やまのいうじつな》を例幣使とする五十人余りの一行は今月朔日《ついたち》に京を発《た》ち、中山道を延々と下ってきた。そして、上野国の倉賀野《くらがの》から日光例幣使街道に踏みこみ、利根川《とねがわ》を渡って太田、下野国の栃木《とちぎ》、鹿沼《かぬま》などを経て日光街道の今市宿《いまいち》へ達したのだという。

「例年ならば今ごろは日光山の御本坊《ごほんぼう》に着いておらねばならぬところ、明日、例幣使さまは大沢宿《おおさわ》で家慶公にお目通りを願うべく、今市宿にお泊まりでござる」

「なにゆえ、八瀬衆が例幣使の駕籠担ぎに駆りだされたのだ」

鋭い指摘に、猿彦はにんまりと笑った。

「近衛忠熙《ただひろ》公の御命にござる」

「近衛さまの御命のう」

「事情は少々込みいっておりますが、お聞きになられるか」

「ふむ」

「されば、説きましょう」

幕府内に父子の対立や重臣同士の出世争いがあるように、朝廷内にも熾烈《しれつ》な権力闘争はある。その最大のものが、帝の血縁でもある摂関《せっかん》家二大勢力の近衛家と九《く》条《じょう》家の争いだった。両家の家紋から「牡丹《ぼたん》と藤《ふじ》の争い」とも呼ばれ、盛んに仕掛けているのは藤の勢力らしかった。

猿彦に言わせれば、五摂家筆頭の近衛家はいつも泰然《たいぜん》自若《じじゃく》と構えている。当主の忠熙は若く聡明《そうめい》で、仁孝《にんこう》天皇の期待も大きい。一方、九条家の当主尚忠《ひさただ》は次期関《かん》白《ぱく》と噂される切れ者だが、素行《そこう》に難が多く、人を統べる器量に欠けていた。

ところが、九条家の後ろ盾には、同じく藤を家紋にする一条《いちじょう》家が控えているという。当主の一条忠香《ただか》よりも、むしろ、くせものは清華《せいが》家の久我《こが》家へ養子に出された実弟久我建通《たけみち》のほうだった。

なにしろ、建通の正室《せいしつ》は朝廷を仕切る関白鷹司《たかつかさ》政通《まさみち》の娘なのだ。

「鷹司政通さまは帝のご信頼が厚うござってな、もう十五年も関白をつづけておられます。鷹司家は近衛家との因縁が深く、家紋も同じ牡丹でござる。こうなると、誰と誰が対立し、誰が後ろで糸を引いているのか、見当《けんとう》もつかぬようになってくる。されど、ひとつだけ確かなのは、九条尚忠さまの密命を帯びた怪しき者たちが、この機に家慶公の御首級を頂戴しようと、暗闇から狙《ねろ》うておるということじゃ」

「何だと」

「くふふ、正直、これほど防《ふせぎ》が手薄だとはおもいもよりませなんだ。あやつらなれば、容易に目途《もくと》を遂げましょう」

「あやつらとは」

蔵人介は身を乗りだす。

猿彦の顔から笑みが消えた。

「静原冠者《しずはらかじゃ》にござる。お耳にされたことはおありか」

ある。志乃に聞いたことがあった。

京洛の北西にある山里《やまざと》に依拠《いきょ》し、平穏な暮らしを営んでいる。ところが、いざとなれば、密偵や刺客としての役割を果たす。

八瀬衆とともに、帝の防に選ばれた者たちのことだ。

両者は水と油も同然で、けっして交《まじ》わることがない。

「静原冠者を束ねるのは、よきと申すおなごにござる。七化《ななば》けの術を使うおなごで、よき本人がこちらへ出張《でば》ってくるようなら、ちと厄介なことになりましょう」

近衛家から猿彦に下された密命は、どうやら、家慶を刺客の手から守ることらしい。

「気の進まぬお役目にござる。されど、静原の者たちとはいずれ決着をつけねばなるまいと、かようにおもうておりました」

「それを伝えにまいったわけか」

「いいえ、蔵人介どののお顔を拝察したくなりましてな。されば、そろりとお暇《いとま》いたしましょう。いずれまた近いうちに」

「ふむ、わかった」

猿彦は音もなく消えた。

家慶の首を狙う刺客がそばまで近づいていると聞いても、蔵人介は千人力《せんにんりき》の助っ人を得た気分だった。

六

四日目、十六日午ノ刻。

社参の行列は予定どおりに宇都宮を発ち、大沢宿の龍蔵寺《りゅうぞうじ》にて中食をとった。

龍蔵寺は大日如来《だいにちにょらい》を本尊に奉じる真言宗《しんごんしゅう》の古刹《こさつ》だが、境内に植わった樹齢《じゅれい》百年余りの藤で知られている。

蔵人介は猿彦の言った「牡丹と藤の争い」をおもいだしていた。

紫の藤はすでに盛《さか》りを過ぎて花を散らせたあとで、今境内を彩っているのは鮮やかな緋《ひ》色の花を咲かせた緋牡丹である。古びた本殿の庇下《ひか》には燕《つばめ》の巣が残されており、住職《じゅうしょく》はことあるごとに見上げては主《あるじ》の帰りを待ちわびていた。

例幣使の山井氏綱が挨拶《あいさつ》に訪れたのは、中食も済んで一段落したころのことだ。

山井家は公家《くげ》の序列では中ほどの羽林家に属する。例幣使は帝の名代ということになっているが、幕府に媚《こ》びを売る役目ゆえ、朝廷内では軽視されており、たいていは公家の半数近くを占める羽林家から選出された。

そのなかでも、鞍造《くらづく》りを家業とする山井家は禄高三十石の貧乏公家だ。

公家でもっとも家禄の高い近衛家や九条家で三千石前後なので、禄高だけでみれば下《げ》の下《げ》ということになる。どれだけ煌《きら》びやかに着飾ってみせても、面相《めんそう》から媚び諂《へつら》いを消すことはできない。

家慶は不機嫌だった。

社参に向かう供人が少ないことに腹を立てているのだ。

山井氏綱は毛氈の敷かれた幔幕《まんまく》の内に招《しょう》じられ、床几に座る家慶への目見得《めみえ》を許された。

氏綱は両袖を振りはらい、深紅《しんく》の毛氈に額ずいてみせる。

「左大臣様《さだいじん》におかれましては、益々、ご健勝《けんしょう》であらしゃるご様子、まことに喜ばしいかぎりにござりまする」

例幣使の役目は家康の命日に催される大祭中に金色の幣《ぬさ》を奉献することにあり、今から百九十年余りまえの正保《しょうほう》三年にはじまってから一度も途切れたことはない。

言うまでもなく、それは朝廷が幕府に養ってもらっているからで、帝といえども幕府の要請を拒むことはできないからだ。

例幣使はみな、公方を「左大臣」などと朝廷内の官位で呼び、帝の僕《しもべ》であることを強調する。それは、せめてもの抵抗と言うべきものだった。

家慶は気にも掛けず、無表情で応じる。

「御天子様《おてんしさま》も息災であられようか」

「へへえ」

額ずいた氏綱が顔をあげた瞬間、家慶の態度が急変した。

「山井とやら、例幣使の費用《ついえ》はいかほどじゃ」

「へっ」

おもいもかけぬ問いに例幣使が目を白黒させると、公方のそば近くにあった慈雲がしたり顔で助け船を出した。

「上様、費用の出どころは山城国《やましろのくに》の相楽郡《さがらのこおり》にある五ヶ村にござりまする。年貢米から三百石余りが代銀で与えられ、これが金に換算いたしますと三百両ほどになり申す。そのうちの二百両が例幣使さまに割りふられ、残りは御幣持入用《ごへいもちいりよう》や従者たちの手当となるのでござります」

家慶は、ぎろりと慈雲を睨みつける。

「さようなことは聞いておらぬ。ここにいたる道々、どれだけの費用を稼いだか問うておるのじゃ」

貧乏公家にとって、例幣使に選ばれることはあまり名誉なはなしではない。ただし、役得が多いので、選ばれた者は大いに喜んだ。

たとえば、朝廷で正月の三ケ日《さんがにち》に供する御膳飯を洗って干して八万包に分け、包紙に十六弁の菊紋を捺《お》し、万病《まんびょう》に効く妙薬《みょうやく》と称して道中で売ったりする。あるいは、短冊《たんざく》や扇子などに揮毫《きごう》をして宿泊料を只にさせたり、随員たちがわざと難癖をつけて「入魂《じっこん》」と呼ぶ心付けを要求することもあった。

さらに、役得として大きいものは、京の商人から荷を託されて江戸表《おもて》へ届ける役目を負っていることだ。

毎年三月に新たな例幣使が任命されると、商人たちはみずからを売りこむべく、任命された者の屋敷前に列をつくる。なぜなら、例幣使は帰路に江戸城へ立ちより、大奥などへ京の品々を献上するからだ。これが後々、莫大《ばくだい》な利益を生む。それゆえ、商人たちは高い運び賃を払ってでも例幣使に取り入ろうとするのだが、その金額がばかにならない。

そしてもうひとつ、例幣使にとって打ち出の小槌《こづち》となるものがあった。

前年の日光参拝で使用した金幣だ。新たな金幣を東照宮に奉献した際に貰《もら》いうける旧幣《きゅうへい》を細かく刻み、一片ずつ奉書紙《ほうしょがみ》に包んだうえに「東照権現様御神体」と綴《つづ》る。これを江戸に屋敷を構えた大名や大身旗本のもとへ持ちこみ、家格に応じた初穂料《はつほ》を受けとるのだ。初穂料だけで家を建てた例幣使もあった。

家慶はすべてを知りながら、意地の悪い問いを繰りだした。

山井はまともにこたえられず、しきりに額の汗を拭いている。

「わしのかたわらに侍るは、土井大炊頭利位じゃ。古河八万石の領主でもあり、領民からの信頼は厚い」

「へへえ、土井大炊頭さまのご高名ならば、聞きおよんでござりまする」

「ほう、三十石取りの公家風情《ふぜい》でも存じておったか。されば、本陣で利位と指合《さしあい》になったら、おぬしはどういたす。御天子様の名代なれば、たとい三十石取りといえども、八万石の大名を本陣から追いだすこともできよう。こたびの道中でもよい。おぬしと利位が往来ですれちがったとする。はたして、おぬしは利位に下馬《げば》を命じることができようかの。どうじゃ、しかと返答してみせい」

戯《ざ》れ言《ごと》がすぎると、蔵人介はおもった。

緊迫した空気が流れるなか、家慶は何やらもぞもぞしだす。

すかさず、公人朝夕人の土田伝右衛門が影のように近づいた。

小便か。

そのようだ。

上手に隠しても、何をしているのかはわかる。

家慶は竹筒に用を足し、ぶるっと胴震いをしてみせた。

氏綱は両目に悔し涙を浮かべ、唇《くち》もとを噛みしめる。

――ばちっ。

扇子をたたむ音が響いた。

「上様、戯れ言がすぎまするぞ」

声を荒らげて立ちあがったのは、脇坂安董にほかならない。

反骨の大名は顔を真っ赤にし、さらに吼《ほ》えてみせた。

「禁裏《きんり》の恨みを買ってどうなさる。詮無いことをなされまするな」

家慶は癇《かん》が強い。

安董にしてみれば、腹を切る覚悟で吐いた諫言《かんげん》であった。

救われた氏綱ばかりか、居並ぶ将兵たちが頰を強張《こわば》らせる。

誰もが家慶の出方に注目した。

ところが、家慶はみなの眼差しを風のように受けながし、なぜか末席に座る蔵人介をみて、にっこり笑ったのである。

蔵人介は、はっとした。

「あやつめ」

床几で偉そうにしているのは、本物の家慶ではない。

宗次郎なのだ。

味方をも完璧に欺《あざむ》いてみせた宗次郎は、嬉しくてたまらない様子だった。

脇坂安董は振りあげた拳の持って行き場を失い、惚けたように佇んでいる。

慈雲はとみれば、最初から影武者であることを知っていたらしく、苦虫《にがむし》を噛みつぶしたような顔になった。

「ふっ」

宗次郎は本物によく似た長い顔で、鼻の穴をほじくっている。

なかなかの、かぶきようではないか。

腹立たしさが誇らしさに変わり、次第におかしみが腹の底から迫《せ》りあがってくる。

蔵人介は必死に笑いをこらえた。

七

社参前夜。

例幣使の一行は踵《きびす》を返して街道をたどり、この日のうちに日光へ達するや、手っとり早く東照宮の拝殿《はいでん》へ金幣の奉納を済ませた。そうした離れ業《わざ》ができたのも、猿彦率いる八瀬衆が駕籠を担いで風のように走ったからだ。

一方、家慶主従は例幣使街道との追分にあたる今市宿から二里におよぶ杉並木を悠々と通りぬけ、日暮れまでには日光山本坊へたどりついた。

本坊の山門前で待ちかまえていたのは、日光東照宮の防人《さきもり》として派遣された八王子千人同心《はちおうじせんにんどうしん》たちである。将軍の社参という一大事に備えて、八王子からは五百人を超える強者たちが馳せ参じていた。

疲れきった供人たちは予期しておらず、家慶にも「これほど心強いものはない」と言わしめるほどの陣容《じんよう》である。

なかでも、ひときわ屈強そうな槍侍をみつけ、蔵人介は相好《そうごう》をくずした。

千人同心の組頭十人のなかで筆頭に任じられた男、松岡九郎左衛門《まつおかくろうざえもん》である。

槍を持たせたら海内一《かいだいいち》の傑物《けつぶつ》で、槍の九郎という異名《いみよう》は江戸にも轟いていた。

蔵人介が九郎左衛門と親しくなったのは、昨夏、江戸の湯島天神下《ゆしまてんじん》で起こった凄惨な出来事がきっかけだ。九郎左衛門の弟が乱酔《らんすい》旗本に斬殺《ざんさつ》された。仇は八王子千人同心を束ねる槍奉行の実子であったが、家門断絶となっても仇を討つと覚悟を決めた兄は江戸で見事に本懐《ほんかい》を遂《と》げた。

蔵人介は弟に道を教えたのが縁で兄とも関わり、仇討ちを手助けしてやった。そのことで恩義を感じた九郎左衛門と、いつかまた江戸で酒を酌《く》みかわす約束をしていたのである。

「まさか、このようなかたちで再会できようとはな」

役目の途切れた隙を狙って、ふたりは旧交《きゆうこう》を温《あたた》めた。

「それにしても、しつこい雨でござるな」

「困ったものさ。江戸からの道中、ただの一度もお天道《てんと》さまを拝んだためしがない」

「何でも、水野越前守さまをはじめとする十五万人余りの供人たちは、いまだ荒川の向こうにおるとか」

「さよう。おぬしら千人同心を合わせても、供人の数は四千に満たぬ。伽衆の慈雲は近在の百姓たちを根こそぎ駆りだしてでも体裁《ていさい》を整えると豪語しておるがな」

「まるで、張《は》り子《こ》の虎《とら》でござるな」

「そのとおりさ。上様の御首級を狙うとすれば、これ以上の好機はあるまい」

蔵人介が溜息まじりに漏らすと、九郎左衛門は怪訝《けげん》な顔をした。

「上様のお命を狙う者があると仰るので」

「杞憂《きゆう》かもしれぬ。ともあれ、おぬしの槍が頼りさ」

ふたりは例大祭《れいたいさい》の成功を祈りつつ、各々の持ち場に分かれた。

深更《しんこう》、蔵人介は妙な気配に目を醒《さ》ました。

むっくり起きあがり、刀掛けに手を伸ばす。

愛用の長柄刀《ながつかとう》は、黒蠟《こくろう》塗《ぬ》りの鞘《さや》に納まっていた。

本身《ほんみ》は腰反《こしぞ》りの強い猪首《いくび》の来国次《らいくにつぐ》、茎《なかご》を切って二尺五寸に磨《す》りあげた逸品《いっぴん》だ。

長い柄内には八寸の刃を仕込み、いざというときに備えていた。

蔵人介は国次を腰に差し、控え部屋を抜けだした。

廊下に足音を忍ばせる。

雨戸が閉まっているので、行く手には闇がつづいた。

灯りはなくとも、さきへ進むことはできる。

突きあたりを右へ曲がった。
妙だ。
見張りがいない。
長い廊下のさきを左に曲がれば、三つ目の部屋が御寝所《ごしんしょ》のはずだ。
武者隠しに通じる隣部屋には、手練《てだれ》の小姓たちが詰めている。
闖入者《ちんにゅうしゃ》があれば、襖を破って躍りこむ手筈《てはず》になっていた。
蔵人介は音もなく進み、長い廊下を左手に曲がった。
「ん」
足に何かが引っかかる。
顔を近づけると、見張りの小姓が蹲《うずくま》っていた。
屍骸《むくろ》ではない。
口のあたりから、酸《す》っぱい臭いをさせている。
眠り薬だ。
さらに進み、小姓たちの控えている部屋に耳を近づける。
寝息が聞こえた。
みな、眠らされてしまったのか。

もはや、くせものが潜入したのはあきらかだ。
みずからの高鳴る鼓動を聞きながら、御寝所の襖障子に身を寄せる。
耳を澄ますと、こちらも寝息が聞こえてきた。
上様か。
わずかに、ためらう。
だが、猶予《ゆうよ》はなかった。
「ごめん」
蔵人介は吐きすて、襖障子を開けはなつ。
「しぇっ」
凄まじい気合いとともに、光るものが闇を裂いて飛来した。
——ひゅん。
仰《の》けぞって避ける。
鬢《びん》の脇を掠《かす》め、鋭い刃物が廊下の壁に刺さった。
斧《おの》だ。
蔵人介は頭から飛びこみ、畳に転がった。
起きあがると同時に、国次を抜きはなつ。

梨子地《なしじ》に艶やかな丁字《ちょうじ》の刃文《はもん》が煌めいた。

「とあっ」

水平斬りを繰りだす。

国次は空を切り、ぴょんと跳ねた人影が天井に張りついた。

寝所の枕元には、有明行灯《ありあけあんどん》が灯《とも》っている。

妖《あや》しげな刺客の輪郭が、ふっと浮かびあがった。

「女か」

猿彦の言った「よき」という名が脳裏《のうり》を過ぎる。

「静原冠者か」

「くく、徳川にわしの正体を知る者がおったとはのう」

やはり、女の声だ。

「ひょっとして、鬼役か。矢背家の養子とは、おぬしのことじゃな。されば、遠慮はいらぬ。素首《そつくび》を頂戴しよう」

廊下に別の殺気が膨《ふく》らんだ。

襖障子をぶち破り、巨漢が躍りこんでくる。

猿彦だ。

「ちっ、八瀬の猿め」

女の刺客は舌打ちし、ひらりと畳に舞いおりた。

「つおっ」

蔵人介は膝立ちから、鋭い突きを見舞う。

女は黒髪を靡《なび》かせて躱《かわ》し、背中の襖を後ろ蹴りで蹴破った。

そして、眠っている小姓たちの隙間を抜け、まんまと逃げおおせてしまう。

猿彦は追おうとしない。追っても無駄とわかっているのだ。

「蔵人介どの、危ういところであったな」

「なぜ、おぬしがここにおる」

「虫の知らせというやつさ」

例幣使の山井氏綱を今市宿まで届けたのち、三人の配下を連れて戻ってきた。

「恐ろしいおなごであろう。あやつが、よきじゃ。斧と書いて、よきと読む。それを言い忘れておった」

おのれの使う凶器が、自分の名でもあるという。

「そんなことより、公方は無事か」

「ああ、無事のようだ。寝息が聞こえておるからな。されど、あそこに寝ておるのは影だ」

「なぜわかる」

「家慶公のおそばには、公人朝夕人が控えておる」

「なるほど、尿筒《しとづつ》持ちが徳川最強の盾というわけか」

「まあな」

蔵人介は納刀《のうとう》し、一段高い御寝所にあがった。

枕元に近寄り、仰向けに眠る影武者の鼻を摘《つま》む。

「んごっ」

目を醒ました男は、素《す》っ頓狂《とんきょう》な声をあげた。

「うえっ、鬼役」

蔵人介は、上からまじまじと覗きこむ。

「やはり、宗次郎か」

「ばれましたか」

「気づかなんだのか。たった今、命を狙われたのだぞ」

「えっ、まさか」

驚きながらも、宗次郎は身に起きたことを喋りだす。

「床にはいると夜伽《よとぎ》のおなごがあらわれ、やにわに唇を奪われました。それはもう、やわっこい唇にござりましてなあ」

夢見心地《ゆめみごこち》のまま、寝入ってしまったらしい。

「ちょっと待て」

蔵人介は顔を近づけ、宗次郎の口のまわりを嗅《か》ぐ。

微かに眠り薬の臭いがした。

「口移しで呑まされたのが、毒でなくて助かったな」

いったん眠らせておいて、じっくり料理する腹でいたのだろう。

「よきに口を吸われるとはな」

蔵人介の後ろから、猿彦がにゅっと顔を差しだした。

「ひぇっ」

宗次郎は腰を抜かしかける。

蔵人介が微笑んだ。

「案ずるな。猿彦だ。養母上に聞いておろう」

「……ご、御所の猿」

「そのとおりじゃ」

猿彦は威嚇《いかく》するように、前歯を剝いてみせる。

「今宵は運がよかったとおもえ。つぎは前触《まえぶ》れもなく、素首を刈られようぞ」

「信じられぬ。天女《てんにょ》のごときおなごだったぞ」

「七化けの術を使うのじゃ。女童《めわらべ》にも老婆にも化けよる。ゝ、よきに狙われた者で生きておる者は少ない。わしくらいのものだろう。ともあれ、閨《ねや》におなごを招じるほうがどうかしておる。例大祭の前夜に本坊でおなごを抱いてどうするのだ。この罰《ばち》当《あ》たりめ」

猿彦に叱られ、宗次郎は首を縮めた。

八

卯月十七日は大権現家康の命日である。

駿府《すんぷ》城で亡くなった一年後の命日に、第二代将軍秀忠《ひでただ》は家康の御霊《みたま》を久能山《くのうざん》から日光へ移した。そのときに随行した数万人の武者行列が、例大祭における「百物《ひゃくもの》揃《ぞろえ》千人武者行列」の起源となった。

神事《しんじ》の中心は家康の御霊を乗せた神輿《みこし》の渡御《とぎょ》だ。神輿は起点となる東照宮から運びだされ、日光山の深奥にある二荒山《ふたらさん》神社の拝殿へ向かったのち、寺社領の南に流れる大谷川《だいやがわ》近くの御旅所《おたびしょ》を経て、ふたたび東照宮に戻される。

神輿を守って表参道《おもてさんどう》を練り歩く家慶の武者行列は、六十有余年ぶりということもあって、本来ならば絢爛豪華《けんらんごうか》に彩られるはずだった。ところが、沿道の人々の目からみても供人の数は少なすぎ、期待はずれの印象を拭えない。

それでも、老中の土井利位たちはどうにか体裁を整えようと衣装や武具を揃え、近在の百姓たちまで動員して甲冑を着せ、不恰好《ぶかっこう》ながらも行軍の列にくわえるなどした。

参道の警戒にあたるのは、約五百人の八王子千人同心しかいない。あまりに手薄な防《ふせぎ》であったが、それ以上はのぞめず、家慶の命は周囲を固める少数の精鋭で守るしかなかった。

宗次郎と佐平も影武者として同行する。

蔵人介も橘右近の命で小姓のなかに紛れていたが、随行を許されなかった従者の串部は沿道のどこかで燻《くすぶ》っているはずだった。

すでに陽光は西にかたむき、神輿は二荒山神社への参詣を終え、表参道の往路をたどって御旅所へたどりついている。大勢の人目に触れるところでは、宗次郎か佐平が影武者として黒鹿毛《くろかげ》に騎乗した。

ただし、拝殿や本殿への祈願は家慶本人でなければならない。

面倒《めんどう》だが、その都度、装束を礼服に着替えておこなわれた。

蔵人介も随行し、東照宮の拝殿や第三代将軍家光《いえみつ》の墓所《ぼしょ》である大猷院廟《だいゆういんびょう》を詣でた。極彩色の動物や霊獣《れいじゅう》たちで飾られた陽明門《ようめいもん》に目が吸いよせられ、拝殿内の壁や欄間《らんま》の精緻《せいち》な彫刻を眺めては嘆息を漏らした。

権現造《ごんげんづくり》の社殿をはじめ日光山を構成する豪壮《ごうそう》な建造物群は、家光の指示で大きく造りかえられた。一年半掛かりの「大造替《だいぞうたい》」には百万両を要したとも伝えられているが、祖父家康を神と崇《あが》める家光は「費用お構いなし」と豪語し、幕府の御金蔵から費用のすべてを賄《まかな》った。

――諸大名には灯明《とうみょう》一本たりとも寄進させまじ。

日光大造替にかける家光の気概《きがい》たるや、凄まじいものがある。

また、開闢当初の幕府は、それだけのことができる財力も有していた。

大名たちに洋銀を買わせて費用を捻出したこたびの社参とは、隔世《かくせい》の感があると言わねばなるまい。

だが、どれだけ無理をしてでも、家慶は日光社参をやり遂げねばならなかった。

憎き父の家斉に将軍の威厳をみせつけ、金輪際、政事に嘴を挟まぬようにさせるためだ。家慶が社参に執着するのは、一刻も早く父の頸木《くびき》から逃れたいという一念であった。

それがみずから考えぬいたすえに導きだされたものであれば、臣下《しんか》として納得もできよう。

ところが、家慶の尻を搔く者たちがあった。

筆頭は伽衆の慈雲だ。

元陰陽師とも噂される胡散《うさん》臭い坊主が、家慶の心中深く眠っていた野心《やしん》を揺りおこした。

歴代の将軍たちすら控えてきた日光社参という無謀な催しを「上様ならば、きっとおできになりまする」と耳許で囁いたのだ。

甘い囁きを聞いたときから、家慶は人が変わった。

戦国武者のように荒々しくなり、慈雲以外の者が発する進言《しんげん》には耳を貸さぬようになった。

「呪術《じゆじゆつ》に掛けられたようなものじゃ」

橘も言ったとおり、蔵人介からみても家慶は物狂《ものぐる》いの兆候をしめしている。

かつての家慶は、酒好きのおとなしい殿様だった。評定でも何事につけ「そうせい」と発し、取りまきの言いなりになっていた。「そうせい様」という不名誉な綽《あだ》名《な》をつけられても、のんびりした性分は変わらぬものと目されてきた。それゆえ、大御所となった家斉も西ノ丸から悠々と親政をおこなうことができると踏んだ。

いずれにしろ、家斉ができのわるい息子の暴走を許しておくはずはあるまい。

唯々《いい》諾々《だくだく》と家慶の命にしたがう土井利位でさえも、評定では顔を曇らせる場面が何度もあった。脇坂安董にいたっては、日光の手前で家臣団を引きあげさせるとまで言いだした。

誰もがみな、本音と建前《たてまえ》を使いわけながら家慶の暴走につきあっている。

何かの弾みで供人たちの不満が暴発しても、江戸から遠く離れたこの地では対処のしようがなかろう。

無論、蔵人介に選択の余地はない。

幕臣としての使命をまっとうするしかなかった。

どのような不測《ふそく》な事態が起きようとも、家慶の命を守りぬくことこそが使命なのだ。

小姓たちは今、大谷川の彼岸《ひがん》と此岸《しがん》に分かれている。

蔵人介は此岸にあり、川向こうの日光山を仰いでいた。

今までの雨が嘘のように空は晴れわたり、西に広がる中禅寺湖《ちゅうぜんじこ》の後ろには男体《なんたい》山《さん》の流麗《りゅうれい》な山脈《やまなみ》も遠望できた。

家慶はこれより、大谷川に架けられた神橋《しんきょう》を渡る。

将軍しか渡ることの許されぬ橋を渡り、御旅所で待つ家康の御霊を迎えにいく。

刺客にとってみれば、橋を渡る瞬間が命を狙う絶好機でもあった。

「神橋を渡ることだけは、どうか、おもいとどまっていただけませぬか」

橘右近の懇願《こんがん》は受けいれられず、家慶はおのが身を堂々とさらすことに一抹《いちまつ》のためらいもみせなかった。

むしろ、橋渡りを「運試し」と称し、楽しんでいる節《ふし》すらある。

「どうやら、死なねばわからぬらしい」

蔵人介は祈るような気持ちだった。

八王子千人同心が橋の周囲を固めているものの、なにせ、人数が少なすぎる。

串部がそばにいたら「これで一巻の終わりでござりますな」と皮肉を漏らしていただろう。串部は彼岸の表参道を埋めつくす見物人に紛れ、固唾を呑んでいるはずだった。

「蟻《あり》一匹通させるな」

槍を提げた松岡九郎左衛門が凜然《りんぜん》と発《はっ》した。

しかし、それすらも虚しい響きに聞こえた。

川岸には雑木林なども見受けられ、長尺の筒で狙われたら防ぎようもない。

家慶周辺の小姓たちも緊張を強いられていたが、橋向こうで待つ甲冑武者たちは歓声を騰《あ》げる準備を整えている。

「上様が神橋をお渡りになったら、天をも衝《つ》かんとする歓呼《かんこ》でお出迎えせよ」

慈雲の厳命《げんめい》が各将を通じ、末端の雑兵《ぞうひょう》にまで伝わっていた。

そうした空気を感じているせいか、家慶は興奮の面持ちを隠せない。

「さればこれより、家慶公が御神橋をお渡りになられまする」

重臣のひとりが口上《こうじょう》を述べ、家慶はゆっくりと橋へ踏みだした。

橋の手前まで随行する小姓たちはみな、空唾を呑んでいる。

できればともに渡り、弾避《たまよ》けになりたいとおもったはずだ。

背中をみせて遠ざかる家慶は、紛《まご》うことなき本物なのである。

神橋を挟んだ一帯は静まりかえり、川音しか聞こえてこない。

家慶は小姓たちと分かれ、ひとりきりで神橋を渡りはじめた。

長さはさほどではないものの、焦《じ》れったいほどに歩みは鈍い。
急げ、急ぐのだ。
蔵人介は胸の裡に叫びつづける。
束帯姿の家慶が橋の中央に差しかかった。
そのとき、異変は勃《お》こった。
――ごごご。
男体山のほうから地鳴りが湧きおこり、突如、足許の地盤が揺れはじめたのだ。
「大地震《おおない》か」
よりによって、このようなときに。
蔵人介は両足を踏んばり、神橋を仰ぎみた。
吊り橋のように揺れている。
「うわああ」
川向こうの人馬が騒ぎたて、右往左往しはじめた。
雑兵のなかには甲冑を脱ぎすて、逃げだす者もいる。
おそらくは寄せあつめの百姓たちだろう。
組頭が怒声《どせい》を張りあげた。

「隊列を離れるな。離れる者は成敗いたすぞ」

我を忘れた配下たちが刀を抜き、逃げだす百姓たちに斬りかかる。

「ぎぇええ」

そこいらじゅうから、断末魔《だんまつま》の悲鳴があがった。

橋向こうが修羅場《しゅらば》と化しても、大地の揺れはいっこうに鎮まらない。

まるで、大権現家康の怒りが天地を脅かしているかのようだ。

肝心の家慶は橋の欄干《らんかん》にしがみつき、何とか身を支えている。

「上様を、上様をお助けしろ」

小姓たちが橋の両側から神橋を渡りはじめた。

と、そのとき。

——ぱん、ぱん。

乾いた筒音が響いた。

「ぬわっ」

小姓ふたりが倒れ、川へもんどり打って落ちる。

「刺客だ。刺客が潜んでおるぞ」

蔵人介は怒鳴りあげ、雑木林を睨みつけた。

――ぱん、ぱん。

さらに筒音が響きわたり、橋の上を駆ける小姓たちが倒れていく。

刺客は、ひとりではない。

筒撃ちの名人たちが、橋の上を狙い撃ちにしているのだ。

よきという女に率いられた静原冠者たちであろうか。

「ぬぎぇっ」

何者かの悲鳴が聞こえた。

雑木林のなかだ。

筒音は消え、大地の揺れもおさまるなか、雑木林から雲を衝くような大男が抜けだしてきた。

猿彦だ。

手に生首をぶらさげている。

刺客を葬ったにちがいない。

「くせものめ、それっ」

八王子千人同心たちが抜刀し、一斉に斬りかかっていく。

「待て、味方だ」

蔵人介は必死に叫び、追いすがろうとした。

気づいた者はおらず、一団の前面に突出した松岡九郎左衛門が青眼に構えた素槍で突きかかる。

「ぬりゃ……っ」

猿彦は生首を抛《ほう》り、二間《けん》余りも後方へ飛び退《の》いた。

九郎左衛門は追いかけ、なおも追撃の突きを繰りだす。

「そいっ」

素槍は分厚い胸にまっすぐ伸びた。

猿彦はこれを躱《かわ》さず、鋼《はがね》の手で弾く。

――がしっ。

九郎左衛門は驚き、たたらを踏んだ。

猿彦の左腕がにゅっと伸び、襟首《えりくび》を鷲掴みにする。

軽々と持ちあげるや、九郎左衛門は爪先を宙に浮かせかけた。

「待たぬか、そこまでだ」

蔵人介がようやくたどりつき、一喝してみせる。

猿彦が手を放した瞬間、またもや、足許が揺れはじめた。

さきほどよりも大きい揺れだ。

「ふわああ」

家慶が悲鳴をあげ、神橋からまっさかさまに落ちていく。

水飛沫があがった。

――ぴっ。

猿彦が指笛を吹くと、雑木林から三人の大男たちが躍りでてきた。

八瀬の男たちだ。

いずれも、白装束に身を包んでいる。

男たちは恐れもせずに川へ飛びこみ、川上から流されてきた家慶を救いあげた。

「急げ」

蔵人介と猿彦につづき、九郎左衛門も川岸へ駆けていく。

ほかにつづく者はといえば、数人の千人同心と小姓しかいない。

「ぬおおお」

地鳴りのような雄叫びに振りむけば、大勢の百姓たちが神橋を渡って川のこちらへ走ってくる。

なかには、槍や刀を振りまわす者もあった。

逃げようとしているのか、襲おうとしているのか、それすらもわからない。

ともあれ、家慶を安全なところへ逃がすことが先決だった。

八瀬の男たちが三人で腕を取りあい、櫓《やぐら》を組んだ。

猿彦がぐったりした家慶を抱えあげ、櫓の上に乗せる。

「ここは、わしらに任せろ」

蔵人介がうなずくと、八瀬の男たちは疾風《はやて》のように走りだした。

「後れをとるな」

九郎左衛門が配下に命じ、槍を担いで追いかける。

蔵人介も裾を端折《はしょ》り、必死の形相《ぎようそう》で駆けていった。

九

家慶を担いだ八瀬の男たちは夜の日光街道を逆走し、大沢宿の龍蔵寺へ逃げのびた。

昨日の中食をとった寺だ。

住職は門を開けるなり、疲れきって口も利けぬ家慶の様子に驚いた。

本殿の庇下には燕が帰っており、わずかながらも一同を和《なご》ませてくれた。

九郎左衛門は途中で配下とともに街道を戻り、八王子千人同心の仲間や近習《きんじゅ》たちを捜しにいった。

それでも、亥《い》ノ刻までに参じることができたのは、千人同心約百名と小姓が三十名程度だった。噂では大谷川に架かる橋がすべて崩落《ほうらく》し、川向こうの陪臣《ばいしん》たちはこちらに渡ってこられなくなったらしい。そのなかには従者の串部もふくまれており、蔵人介は肩を落とすしかなかった。

ただ、遅れてきたなかには川のこちら側にいた橘右近がおり、宗次郎と佐平の顔もあった。

小姓組では組頭の棟田十内と平井又七郎もたどりつき、家慶の無事を知って涙をこぼす。

さらに遅れてあらわれたのは、白髪を乱した古木助八であった。

古木は浅《あさ》傷《で》を負っており、日光山の惨状を余すところなく伝えてくれた。

「御大名に端金《はしたがね》で雇われた連中が、大地震《おおない》騒ぎに乗じて暴れだしたのでございます。その数は優《ゆう》に三千を超え、御大名衆の家臣団に拮抗《きっこう》しておりました。なかには山賊まがいの暴漢たちも大勢まじっており、そやつらが憤懣《ふんまん》を抱えた百姓どもを煽《せん》動《どう》し、家臣団を襲わせたのでござる」

「そやつらの目途《もくと》は何じゃ」

橋に問われ、古木は首を左右に振る。

「おそらく、明確な目途などございますまい。ただ、金目《かねめ》の物を奪おうとしているだけにござりましょう」

刀を抜いてしまった以上、後《あと》へは引けぬ。歯止めの利かぬようになった暴徒は火の玉と化し、陪臣たちを死の淵へ追いやった。煽られた百姓たちも我を忘れ、ある者は目の色を変えて槍や刀を振りまわし、またある者は戦利品を集めてまわった。

「大谷川一帯はさながら合戦場と化し、そうこうしているうちに、神橋が崩落いたしました」

「やはり、噂はほんとうであったか」

もはや、糾合《きゆうごう》できるかどうかもわからぬ味方を待つ余裕はなかった。

この辺《あた》りにもいつなんどき、火の粉が降りかからぬともかぎらない。

早急に進むべき道を見極め、行動をおこさねばならなかった。

なにせ、公方家慶は刺客に狙われているのだ。

仕切り役の橋が、大広間の片隅に蹲《うずくま》る八瀬の男たちをみた。

「八瀬の衆、上様を救っていただき、心から礼を申す。まことに、かたじけのうござった」

「礼などいらぬ」

猿彦が仏頂面《ぶっちょうづら》で応じる。

「家慶公を筒で狙った刺客は、雇われた雑賀《さいか》の鉄砲撃ちじゃ。静原冠者ではない」

「静原冠者とは」

「説くのも面倒臭い。あとで鬼役にでも聞いてくれ」

「鬼役か」

橘は蔵人介をみつけて軽くうなずき、猿彦への問いをつづけた。

「されば、雑賀衆を雇った者の心当たりは」

「三人のうちのひとりに責め苦を与えた。そうしたら、赤星廉也《あかぼしれんや》という名を吐いた」

「なにっ、赤星廉也と申せば、西ノ丸の御広敷支配《おひろしきしはい》ではないか」

西ノ丸で裏の御用をつとめる者が、鉄砲上手《じょうず》で知られる雑賀衆を金で雇い、家慶の命を狙わせた。

「それが真実《まこと》なら、由々《ゆゆ》しきことじゃ」

おそらく、赤星は中野碩翁とも通じていよう。

そして、碩翁の背後には大御所の家斉がいる。

「まさか」

と、発しつつも、橘は納得せざるを得ない。

やはり、父は子の謀殺《ぼうさつ》をもくろんでいるのだ。

黒幕が大御所家斉ならば、味方とおぼしき大名たちも敵にまわる公算は大きい。

下手に近くの城へおもむき、家慶主従であると告げれば、痕跡《こんせき》すら残さずに消されかねなかった。

もっとも、ここから五里の宇都宮城下へ足を向けたところで、城は空っぽだった。

戸田忠温の家臣団は日光社参の行列にしたがうべく、すべて出払っている。忠温自身、今ごろは「合戦場」で針の筵《むしろ》に座らせられているところかもしれない。

「雑賀衆の生きのこりがおるかもな」

と、猿彦はうそぶく。

「それより厄介なのは、よきの率いる静原冠者だ。あやつらは執念深い。家慶公の御首級《みしるし》を獲るためならば、地の果てまでも追いかけてこよう」

「どういたせばよい」

「はて、それはあんたが考えることだ」

「よし、隊を二手《ふたて》に分けよう」

橘はすでに思案していたらしく、伽藍《がらん》に集まった主立《おもだ》った者たちに向かって、よどみなく伝えた。

「ひとつは上様をお守りする本隊だ。これには影の佐平とわし以下の小姓たち三十名が従《つ》く。もうひとつは望月宗次郎をいただく陽動隊《ようどうたい》だ。こちらには松岡九郎左衛門の率いる千人同心百名が従く」

「本物が三十で、偽者が百か。なるほど、おもしろい」

猿彦の反応を受けながし、橘は淡々とつづける。

「望月宗次郎の陽動隊は通常どおり、日光街道を江戸に向かって南進する。一方、本隊はここから西の例幣使街道をめざし、街道に行きあたったら一気に中山道の倉賀野まで抜ける」

小姓の平井又七郎が、唐突に発言を求めた。

「恐れながら、中山道から江戸をめざすのでござりましょうか」

「おぬしは平井か。荒川渡河の際に手柄を焦《あせ》り、罪もない百姓たちを斬った男だな。おぬしのごとき血の気の多い者が混じっておっては、先々、おもいやられるわ。役を解くゆえ、どこへなりと去るがよい」

「お待ちを」

上役の棟田十内が口を挟んだ。

「橘さま、平井は役に立ちまする。お連れしたほうがよろしいかと」

「組頭がそう申すなら、致し方あるまい。ただし、身勝手な振るまいは許さぬぞ」

「は」

橘に睨まれ、平井は頭を垂れる。

「ともあれ、めざすさきは倉賀野じゃ。遠まわりしておるうちに、周囲の情勢もみえてこよう。いずれにせよ、今は日光街道を回避するのが得策じゃ」

棟田が問うた。

「出立のご予定は」

「家慶公のご様子を確かめたうえで、一刻《いっとき》半後にいたそう。夜が明けぬうちに、道を稼いでおかねばなるまい」

「ふっ、なかなかの策じゃ」

猿彦が大きな態度で言いはなつと、橘は眉尻《まゆじり》をさげた。

「例幣使の山井氏綱さまは、どうなされておる」

「今ごろは宇都宮城下の宿で休んでおられよう。明日からは馬で江戸へ向かうゆえ、案ずるなと仰った。ただし、無事に江戸へ着いたあかつきには、手持ちの金幣をすべて買いとってほしいそうじゃ」

「ふっ、さすがは例幣使。抜け目がないわ。されば、八瀬の衆にはもう少しつきあってもらいたいが、よいか」

「どうせ、地獄のとば口《くち》までつきあわせるつもりじゃろうが」

猿彦は不敵に笑い、こちらに顔を向けてくる。

蔵人介は表情を強張らせ、ただ、うなずくしかなかった。

四面楚歌《しめんそか》

一

卯月十八日、夕八《や》ツ。

家慶主従は十里を優に超える道程を走りきり、例幣使街道の栃木宿にたどりついた。

栃木宿は会津《あいづ》へ通じる巴波川《うずまがわ》の舟運によって栄えている。

いつもならば、塩や干鰯《ほしか》や材木などを積んだ荷船が行き交っているはずだった。

ところが、川面には一艘《そう》の舟もみえず、川岸に並ぶ蔵屋敷では瓦礫《がれき》の後片付《あとかたづ》けにいそしむ人々が蠢《うごめ》いている。

「大地震《おおない》のせいでござりますな」

橘右近は腰を屈め、粗末な駕籠に乗った家慶に囁いた。

駕籠を担ぐのは、肩の瘤《こぶ》が盛りあがった八瀬の男たちだ。

家慶自身は疲れきっており、まともに応じる気力もない。

隊列の先方には小姓組組頭の棟田十内と小姓の平井又七郎がおり、菅笠《すげがさ》で顔を隠した佐平が古木助八につきそわれて徒歩《かち》でつづく。駕籠のそばに影となってしたがうのは、公人朝夕人《くにんちょうじゃくにん》の土田伝右衛門にほかならない。全部で三十名ほどからなる一行は薄汚れ、落ち武者のように窶《やつ》れきっていた。

蔵人介は猿彦とともに、殿軍《しんがり》から駕籠に随行している。

「五日前、この宿場で例幣使の山井さまは中食をとられた。そのときとは様相が一変しておるな」

例幣使の一行をひと目見ようと、沿道は鈴生《すずな》りの見物人で埋まっていた。丈七尺《たけしちしゃく》の八瀬衆は奇異な目を向けられたが、気にもならなかったという。

「この辺《あた》りは足利《あしかが》藩の所領《しょりょう》らしゅうてな、わざわざ、戸田家の殿様が本陣で出迎えてくださった。しかも、馬の秣代《まぐさだい》として三十両の路銀《ろぎん》もいただいた。ところが、欲深い山井さまはご機嫌《きげん》斜《なな》めでな。『さすが一万一千石の城無《しろな》し大名や、三十両ぽっちで何を買《こ》うたらええのんか。桁《けた》をひとつおまちがえになったのでおじゃろう』

なぞと皮肉《ひにく》を漏らされた。ふん、貧乏な公家ほど始末に負えぬものはない。今ごろは行く先々で小金《こがね》をせびっておられよう」

足利藩藩主の戸田長門守忠禄《ながとのかみただとみ》は例幣使に礼を尽くすべく、わざわざ足利から出向いてきた。奏者番の戸田忠温が統《す》べる宇都宮藩の分家《ぶんけ》ということもあり、忠禄はこのたびの社参でも供奉《ぐぶ》役人のひとりに名を連ねている。日光山で混乱に巻きこまれたのはあきらかだが、忠禄の消息を知る術はなかった。

「大沢宿で二手に分かれたのが功を奏したな。これまでのところ、追手《おって》の気配はない。されど、倉賀野まではまだ二十里もある。わしらの足ならば一日もいらぬが、担ぐ荷が重すぎる。なにせ、正真正銘《しょうしんしょうめい》、三葉葵《みつばあおい》の殿様じゃからな。ほれ、家慶公のくたびれたご様子をみろ。ふん、さきがおもいやられるわい」

猿彦は駕籠から目を逸《そ》らし、太刀持ちの小姓が布に包んでだいじそうに抱える太刀をみた。

「あれは名刀か」

「大般若長光《だいはんにゃながみつ》だ」

蔵人介はさりげなく、天下の重宝として名高い太刀の名を口にした。

「何だと、嘘を吐くな」

おそらく、嘘ではない。

大般若長光は、鎌倉《かまくら》期に備前国の名匠長船《おさふね》長光によって作刀《さくとう》された。茎《なかご》にほられた銘《めい》は「長光」だが、室町《むろまち》期に銭六百貫という途轍《とてつ》もない高値《たかね》がついたため、大般若経六百巻に結びつけて「大般若」と通称されるようになった。

長らく足利家によって所蔵されたが、第十三代将軍足利義輝《よしてる》の暗殺にともなって流出し、これを入手した織田信長から家康に下賜《かし》された。さらに、長篠《ながしの》の戦いで手柄をあげた徳川家重臣の奥平信昌《おくだいらのぶまさ》に与えられ、信昌の末子から家康の養子となった忠明《ただあきら》が受けついだのち、忠明の家系である奥平松平家に伝わった。同家は今、熊谷行田《くまがいぎょうだ》にある忍《おし》藩の領主にほかならない。

「ふうん、勇猛果敢《ゆうもうかかん》な義輝公はあの太刀をもって、松永弾正《まつながだんじょう》の手下どもを撫《な》で斬《ぎ》りにせしめたわけだな」

義輝は弾正に首級を献上したが、二条《にじょう》御所で死に花を咲かせた奮戦《ふんせん》ぶりは後世《こうせい》の語り草《ぐさ》となった。

「五月雨《さみだれ》は露か涙かほととぎす、わが名をあげよ雲のうへまで」

猿彦はよほど執心しているのか、涙ぐみながら義輝の辞世《じせい》を口にする。

「憎き弾正め、わしが二条御所におったなら、義輝公をお救いできたであろうに」

「妙なやつだな」

「妙と言えば、なにゆえ、家慶公が大般若長光を持ち歩いておられるのだ」

「忍藩には借財が山とあってな、こたびの社参に列する費用もままならぬうえに、藩主の忠彦《たださと》公は病を理由に参列できぬと申しでられた」

家慶が重臣を通じて「藩主が参列できぬのならば伝家《でんか》の宝刀《ほうとう》を差しだせ」と命じさせたところ、大般若長光が献上されたというのだ。

「ちっ、えげつないことをしやがる」

猿彦は駕籠尻に向かって、ぺっと唾を吐いた。

「自重《じちょう》せよ」

と、蔵人介は窘《たしな》める。

いくら文句があろうとも、みずからの感情を押し殺し、近衛公の命を果たさねばなるまい。

「忍藩の連中は、歯嚙《はが》みして口惜《くちお》しがったじゃろうな」

猿彦は気になる台詞を吐いた。

忍藩はこれより向かう道中にほど近い。

ともあれ、一行は深い考えもなく、本陣を訪ねてみることにした。

まことの身分を告げず、少しばかり休ませてもらおうとおもったのだ。

敷居の向こうでは、足利藩から寄こされている勤番役人たちが忙しそうに立ちまわっていた。

「たのもう」

組頭の棟田が敷居を跨《また》ぎ、朗々と声を響かせる。

「休息に使う部屋を貸してもらいたい」

高飛車な態度にかちんときたのか、髭面《ひげづら》の役人が怒りあげた。

「藪から棒《ぼう》に何を抜かす。おぬしらは何じゃ。ここをどこと心得る」

「足利家の出先であろうが。四の五の言わず、早う部屋へ案内《あない》せよ」

「あんだと」

髭面は刀を抜かんばかりの勢いで迫り、外で待つ主従を睨みつけた。

「おぬしらは何者じゃ。薄汚い恰好をしおって。どうせ、大地震《おおない》で屋敷を潰された郷士《ごうし》どもであろう」

「郷士だと、無礼な」

「無礼はどっちじゃ。逆らうようなら、おぬしら束にまとめて縄を打つぞ」

「はなしにならぬ。本陣を束ねる者を呼べ」

「束ねは、わしじゃ。文句あっか」
駕籠のなかから、蒼褪《あおざ》めた家慶が降りてきた。
ひとことも発せず、太刀持ちの小姓から大般若長光を奪いとる。
布がはらりと解《と》け、堅牢《けんろう》そうな黒漆《くろうるし》塗《ぬ》りの鞘《さや》があらわれた。
橘がつつっと近づき、険しい顔で囁く。
「上様、ご自重なされませ」
家慶は橘の胸を肘で押し、大股で敷居を跨ぎこえた。
棟田以下の小姓たちは諫言《かんげん》もできず、黙って眺めるしかない。
まさか抜くまいと、蔵人介は高をくっていた。
ところが、家慶は藍革《あいかわ》を菱《ひし》巻《ま》きに巻いた柄を握り、ずらっと抜刀《ばっとう》する。
「あっ」
二尺四寸の反りの深い本身が、鈍い光を放った。
丁子《ちようじ》乱《みだれ》の刃文に互の目がまじり、随所に金筋がはいっている。
腰反りは高く、切っ先は猪首で、表裏に棒樋《ぼうひ》が彫られてあった。
妖艶《ようえん》な輝きを放つ本身に、おもわず目を吸いよせられる。
髭面の役人は度肝《どぎも》を抜かれ、声を完全に失っていた。

「宝刀の切れ味、ためして進ぜよう。ぬえい……っ」
長光が牙を剝《む》く。
――ぶん。
重い刃音だ。
「あひぇっ」
髭面の惚けた顔が胴を離れ、天井にぶつかった。
ぐしゃっと板の間に落ち、土間へ転がってくる。
首無し胴は血を噴《ふ》きあげ、勢いを失うと後ろに倒れた。
本陣は凍りつき、突如、恐怖に駆られた番士《ばんし》たちが叫びだす。
「ひゃあああ」
家慶は我に返り、血塗《ちぬ》れた刀を土間に抛《ほう》った。
棟田が急いで拾いあげ、家慶を敷居の外へ導いていく。
ここで名乗りをあげれば、刺客に居場所を教えるようなものだ。
なるべくならば、名乗らずに済ませたかった。
戸田家の連中が役目をおもいだすまえに、できるだけ遠くまで逃げるしかない。
家慶が駕籠に乗りこむと、棒を担いだ八瀬の男たちが疾風となって駆けだした。

橘をはじめとした小姓たちは裾を端折り、歯を食いしばって追いかける。

遅れはじめた橘を、猿彦がひょいと抱えて背に負った。

老いた古木助八も、猿彦の手下に背負われた。

宿場を駆けぬける主従のすがたは、物を盗んだ追いはぎたちが一目散《いちもくさん》に逃げる様子にも似ている。

宿場の人々が呆然と見送るなか、蔵人介も髷を飛ばすほどの勢いで駆けた。

遥か後方を振りむけば、本陣から捕り方装束《そうぞく》の番士たちが飛びだしてくる。

行く手の榎木を越えたら足を止め、駕籠をさきに行かせて防戦せねばなるまい。

蔵人介は暴走する家慶に怒りをおぼえたが、こんなところで役目を投げだすわけにはいかなかった。

二

ちょうどそのころ、宗次郎の一行は日光街道の宇都宮城下へたどりついていた。

「なにやら、いつもと様子がちごうておじゃる」

はんなりとした言葉遣いで喋るのは、例幣使の山井氏綱だ。

宗次郎たちは影武者の役割を果たそうと衆目《しゅうもく》にすがたをさらし、城下の北にある二荒山《ふたらさん》神社へわざわざ出向いた。そのとき、たまさか詣できていた氏綱主従と出会《でくわ》したのだ。

氏綱はあまりに供人の数が少ないことに驚き、口には出さぬものの、宗次郎が影武者ではないかと疑っていた。瓜実顔《うりざねがお》の若い従者と何やらひそひそはなし、声を殺して笑いあっている。

鬱陶《うっとう》しい連中も行列にくわえ、今宵の宿と定めた宇都宮城へ足を向けた。

ところが、大手門は頑《かたく》なに閉じられており、門番の気配とてない。

「開門、開門」

松岡九郎左衛門が槍を地に立て、腹の底から大声を発した。

「ここにおわすお方をどなたと心得る。徳川家慶公なるぞ。誰かおらぬのか」

ぎぎっと、頑強《がんきょう》な門が開いた。

留守を預かる老臣が、のんびり出てくる。

「拙者、城を預かる真鍋勝之進《まなべかつのしん》にござりまする。ご無礼を平《ひら》に、平にご容赦願いたてまつりまする」

丁重な物言いだが、どことなくぎこちない仕種が気になった。

一行はようやく草鞋《わらじ》を脱いでひと息吐き、夕餉の仕度がととのった本丸の大広間に案内される。

もちろん、宗次郎だけは別格だった。

本丸の深奥につくられた将軍御座所《ござしょ》に夕餉の席が設けられており、供人はひとりも同席をみとめられない。

上座の脇息にもたれてしばらく待っていると、着飾った女官《にょかん》たちが花色模様の裾を滑らせ、毒味の済んだ膳を運んできた。

燗酒《かんざけ》は上等な下り物だ。

さっそく女官に酌《しゃく》をさせ、一杯目を呷《あお》る。

「美味い」

喉元を抜け、臓腑《ぞうふ》に沁《し》みわたった。

烏賊《いか》の塩辛《しおから》を舐め、二杯目を呷る。

下座に額《ぬか》ずいた富士額《ふじびたい》の女性が「戸田忠温の室《へや》にござりまする」と述べた。

「家慶公におかれましては、日光山御参拝からお戻りのさなか、当宇都宮城にお立ち寄りいただき恐悦《きょうえつ》至極《しごく》に存じまする」

丁寧なことばつきだが、どことなくよそよそしい。

何か隠しているなと察し、宗次郎はかまを掛けた。

「日光で大地震《おおない》に見舞われた。宇都宮もさぞや揺れたであろうの」

「それはもう、天と地がひっくり返ったやにおもいました」

「そのわりには、よう片付いておるようじゃ」

「留守の者たちが総出《そうで》で、崩れかけた櫓の甍《いらか》を拾いあつめなどいたしました」

「崩れかけた櫓があったのか」

「本丸の裏手にあたる辰巳《たつみ》櫓が危のうござりまする。清水門《しみずもん》脇の清明台《せいめいだい》も二層目がかたむきました」

「ほう、御天守《ごてんしゅ》代わりの清明台がな。気づかなんだわ」

「蓮池《はすいけ》の堰《せき》も割れ、水が外に漏れだしました。されど、ご心配にはおよびませぬ」

応じることばに、いちいち棘《とげ》がある。

宗次郎は糝粉細工の顎を突きだした。

「ところで、日向から連絡はあったか」

「えっ」

「神橋の向こうで混乱に巻きこまれたはずじゃ。日向は無事であろうかのう」

「……い、いまだ連絡《つなぎ》はござりませぬ」

歯切れの悪いこたえに、いっそう疑念が深まった。

女官たちが新たな膳とともに、燗酒のお代わりを運んでくる。

「ご正室に酌を頼もうかのう」

「えっ」

「やはり、無理か」

「いいえ」

「されば、近《ちこ》う寄りなされ」

正室は畳に膝を滑らせ、躙《にじ》りよってくる。

「もそっと近う」

日向守忠温の正室はたしか、幕閣の老中までつとめた備後福山《ふくやま》藩十一万石の第五代藩主阿部《あべ》正精《まさきよ》の娘だ。公方といえども、大名の娘に酌を強要《きようよう》するのは勇気の要ることにちがいない。

「ほれ、いかがした」

宗次郎が意地悪く盃を突きだすと、正室は銚釐《ちろり》を取って注ぎはじめた。なかなか堂《どう》に入《い》った物腰だが、途中から手が震えだす。

盃から溢《あふ》れた酒が、宗次郎の着物を濡らした。

「……も、申しわけございりませぬ。平に、平にご容赦くださりませ」

正室は銚釐を置いて額ずき、顔をあげようともしない。

宗次郎は何をおもったか、すっと左手を差しのべた。

正室の右腕を摑んで強引に引きよせ、酒で濡れた膝に抱く。

「……な、何をなされます。お戯《たわむ》れは……お、おやめくだされまし」

宗次郎は気にも掛けず、はだけた室の襟元《えりもと》に右手を突っこみ、豊かに実った乳房をまさぐった。

「……ご、ご無体《むたい》な……う、上様、なにゆえ、かようなお戯れを」

「隠し事があるなら聞いてつかわす。言うてみい」

「……ご、ございりませぬ……か、隠し事など、ございりませぬ」

「吐くのじゃ。吐かねば、わしに抱かれたと日向に告げ口いたすぞ」

女官たちは目を背《そむ》け、顔を真っ赤に火照《ほて》らせている。

宗次郎の手は正室の胸ばかりか、尻のあたりもまさぐりはじめた。

「あっ、おやめくだされ……と、殿から……は、早馬が放たれましてございりまする」

「早馬の使いは何と申した」

「……い、家慶公は、日光山で身罷《みまか》られたと」

正室の告白が終わりかけたとき、正面の襖一枚隔てた廊下の向こうから騒々しい跫音《あしおと》が迫ってきた。

――どん。

襖を蹴破り、松岡九郎左衛門が躍りこんでくる。

「上様、お逃げくだされ。城の連中はみな、敵にござりまする」

「ふむ」

宗次郎は正室の腕を摑んで立たせ、中庭に面した廊下へ飛びだした。

すでに、八王子千人同心と戸田家の家臣たちが激しく刃を交えている。

武装した城兵たちの指揮を執《と》るのは、白い鬢を反りかえらせた真鍋勝之進だ。

「恐れ多くも、家慶公の御名を騙《かた》る不届き者め。おとなしく縛《ばく》につけ。つかぬというのなら、素首を刎《は》ねてくりょう」

「黙れ、わしは天下を統《す》べる徳川家の棟梁《とうりょう》ぞ。わしに縄を打てば、かような城のひとつやふたつ芥子粒《けしつぶ》と消えてなくなるぞ。それでもよいのか」

「口さがないやつめ。それ、ものども、あやつを搦《から》めとれ」

「待たぬか。みよ、正室の命はわが掌中にある。それでも、かかってくる気か」

「ふはは、莫迦め。そやつは戸田家子飼いの間者《かんじゃ》。御正室であるはずがなかろう」

「なにっ」

腕を摑んだ女の顔をみた。

にっと笑い、唾を吐きかけてくる。

そればかりか、胸元に隠した短刀を抜き、鼻面めがけて突いてきた。

――ひゅん。

躱しきれず、頰がぱっくり裂ける。

そばに控えた九郎左衛門が素槍を頭上で振りまわした。

「ごめん」

柄頭《つかがしら》を振りおとし、手の甲を砕いてみせる。

「ぎぇっ」

女は激痛に耐えかね、広縁から庭に転げおちた。

「それっ、かかれ」

真鍋が声を嗄《か》らした。

「逆らう者は撫で斬りにせよ」

城兵たちの数は、味方の三倍におよんでいよう。

それでも、屈強な千人同心たちは宗次郎の盾となって突進を阻む。

「さあ、今のうちに逃げましょう」

九郎左衛門に導かれ、裏手のほうへ走った。

城内はあまりに広く、出口がよくわからない。

ふと、見上げると、崩れかけた櫓があった。

「辰巳櫓だ」

右手奥の伊賀《いが》門を抜ければ、二ノ丸の裏門から外濠《そとぼり》に出られるはずだ。

宗次郎と九郎左衛門は素早く駆け、ふたつの門を抜けた。

すると、右手の奥で手をあげる者たちがある。

例幣使の山井氏綱と従者たちだ。

「上様、この騒ぎは何事におじゃりましょうか」

「罠《わな》じゃ、おぬしらも偽者《にせもの》とおもわれておるぞ。生きのびたければ、わしにつづけ」

みなで走りよった地蔵堂門は、牢屋に近いので防備は手薄だった。

「門を開けよ。ぐずぐずするな」

九郎左衛門が鬼の形相で怒鳴ると、門番たちは素直にしたがう。

城門の外へ抜けだすと、左手に田川《たがわ》がみえた。

三人は桟橋《さんばし》をめざし、倒《こ》けつ転《まろ》びつしながら駆けつづける。

「あれに乗りましょう」

九郎左衛門の大きな背につづき、宗次郎と氏綱は小舟に乗りこんだ。

盾となった千人同心たちは川岸を駆け、必死に追いすがってくる。

その背後では、真鍋率いる城兵たちが鬨《とき》の声をあげていた。

「えいえい、おう。えいえい、おう」

「莫迦め、何を勘違いしておるのだ」

宗次郎は吐きすてる。

腹は立ったが、怒りをぶつける相手がわからない。

やがて、すべての喧噪《けんそう》は闇に呑みこまれていった。

船頭に行く先を尋ねられても、こたえる用意はない。

興奮が冷めてくると、起きていられぬほどの疲れに襲われた。

田川が底なし沼にみえはじめ、宗次郎はすぐさま眠りに落ちた。

三

十九日朝、日光例幣使街道。

栃木宿から五里強、天明宿《てんみょう》は湯釜《ゆがま》の産地として知られている。

家慶主従は追っ手から逃れ、旅籠《はたご》のひとつに身を落ちつけた。

敵情を知るのが先決と小姓たちを四方に放ったところ、耳を疑いたくなるような噂が転がりこんできた。

「恐れ多くも、日光山にて家慶公が討ち死になされたとの噂が、まことしやかに囁かれておりまする」

「何じゃと」

日光周辺ばかりか、日光街道の道々では、落ち武者狩りの連中が跳梁跋扈《ちょうりょうばっこ》しているとの噂もある。

「まことか、それは」

家慶は驚愕《きょうがく》し、充血した眸子《まなこ》を瞠《みは》った。

さらに、長い顎を外しかねないほどの噂がもたらされた。

「千代田の御本丸が炎上したとのこと」

小姓は息を切らして報告し、床に倒れこんでしまう。

誰もが口を開けたまま、ことばを発することもできない。

「上様、お気を確かに。根も葉もない噂話にすぎませぬ」

冷静を装った橘の唇《くち》もとは、微《かす》かに震えている。

家慶は声をひっくり返した。

「大地震《おおない》のせいか。大地震のせいで、本丸が炎上したのか」

誰もこたえられない。

事の真偽《しんぎ》を確かめる手だてもなかった。

道中で余震に脅かされたことが、不安に拍車を駆ける。

「たちのわるい鯰《なまず》め」

猿彦が、ぼそっと漏らす。

「行く先を決めてもらえば、八瀬の男をひとり江戸へ走らせよう」

橘が溜息まじりにこたえた。

「行く先はまだ決めておらぬ。足利藩の追っ手のこともあるしな。刺客をまいたとわかれば、上様のご身分を明かし、近くの城か陣屋《じんや》に身を寄せてもよい。このまま逃げつづけても疲弊《ひへい》していくだけじゃ」

橘は上座の家慶に向きなおり、決断を求めた。

「上様、すぐそばに佐野《さの》藩の陣屋がござりまする。一万六千石の小藩なれど、藩主の堀田摂津守《せっつのかみ》さまは若年寄であられまする」

「摂津か。あやつは線が細うてな、四十を超えても水墨《すいぼく》で貝ばかり描いておる」

「なれど、こたびの社参にも供奉奉行として御名を連ねておられまする。お訪ね申しあげても、けっして粗略《そりやく》には扱われますまい。ここはひとつ、佐野藩の陣屋に身を寄せてはいかがかと」

間髪を容《い》れず、家慶は吐きすてた。

「そうせい」

「は、なればさっそく」

主従は出立の仕度に取りかかり、小半刻も経たぬうちに旅籠を発った。

このとき、猿彦のもとからは「鬼《おに》」がひとり江戸に旅立っていった。

宿場の空気は、あきらかに重苦しい。

いたるところに、眸子《どるい》をぎらつかせた地侍たちが屯《たむろ》していた。

棒鼻《ぼうはな》のそばには、土塁の積まれた城の痕跡がある。幕府開闢《かいびやく》のおり、厄除《やくよ》け大《だい》師《し》で有名な惣宗寺《そうしゅうじ》のあった春日岡《かすがおか》に築かれた城だが、土着《どちゃく》の佐野氏が改易《かいえき》とされたのにともない、築城《ちくじょう》からわずか十四年で廃城となった。めざす陣屋はこれと区別して「堀田城」とも呼ぶが、幕府の要職に就く若年寄の居城としては貧相《ひんそう》で、とても城と呼べる代物ではない。

主従は狂犬のような連中を避けて街道を北東に外れ、ほどもなく佐野藩の陣屋を指呼《しこ》においた。

ところが、蔵人介の目に映しだされたのは奇妙な光景だった。

陣屋を囲む濠端《ほりばた》に、細長い旗幟《きし》が林立しているのだ。

まるで、合戦に備えているかのようではないか。

「みろ、仙台笹に蟹牡丹じゃ。すべて伊達家の旗幟ぞ」

橘も異変を察し、驚きをことばにして吐きすてる。

たしかに、堀田家は伊達家と濃い血で繫がっていた。藩主摂津守正衡《まさひら》の父である初代正敦《まさあつ》は仙台藩の第六代藩主伊達宗村《むねむら》の八男で、伊達藩と関わりの深い一関《いちのせき》藩の第六代藩主田村宗顕《たむらむねあき》は実兄だった。

「堀田家は伊達家の血縁じゃが、なにゆえ、あのようなことをしておるのであろうか」

家慶の問いに、猿彦が応じるともなく応じた。

「伊達への恭順《きようじゆん》をしめしておるかのようだな」

棟田十内が我を忘れ、口から泡を飛ばす。

「なにゆえ、伊達に恭順せねばならぬ」

「さあな」

小姓たちを放って周囲の噂を集めてみると、またもや、信じがたいことが判明した。

「城兵たちは『合戦がはじまった』と口々に叫んでおりまする」

「落ちつけ。いったい、誰と誰が戦っておるのじゃ」

「誰かはわかりませぬ。ただ、何十万という外様大名の軍勢が千代田の御城を取りかこんでおるようにござりまする」

「莫迦な」

橘が吐きすてるかたわらで、家慶は卒倒《そつとう》しかけている。

噂が真実ならば、日光に詣でるはずだった大名家の家臣団が荒川の手前で踵を返し、千代田城へ向かったことになりやしないか。「莫迦な」と吐いた橘の心中にも、疑いの芽がまったくないわけではなさそうだ。

数々の普請や米の不作がかさなり、外様大名たちの台所は例外なく火の車になっている。社参に先だって洋銀を買わせる行為は、火に油を注ぐものにほかならなかった。

心の根っ子にある憎しみにも、油が注がれたことだろう。

大名たちは結束し、徳川家の打倒をもくろんだ。

いや、まさか、そんなことがあろうはずはない。

蔵人介は首を左右に振った。

伊達家の幟旗《のぼりばた》は、翩翻《へんぽん》と風に揺れている。

無論、伊達家六十二万五千石は、外様大名たちの中核をなしていた。

堀田家が幟旗を掲げたということは、伊達家から正規の使者があらわれ、評定のうえで「与《くみ》すべし」との決断が下されたとみるべきだろう。そうではなく、ただの噂を信じて幟旗を掲げたのだとすれば、浅はかな行為と処断するしかない。

「取り潰しじゃ」

唐突に、家慶が叫んだ。

いくら叫んだところで、公方を守る者は三十名足らずしかいなかった。

どうして、このような苦境に陥ってしまったのか。

蔵人介は、悪夢でもみているような気分だった。
そもそも、社参を家慶に耳打ちした慈雲は生きているのだろうか。
橘右近は家慶を必死になだめすかし、八瀬の男たちは傍観《ぼうかん》している。
「噂に踊らされておるだけじゃ」
と、猿彦は言いすてた。
おそらく、そのとおりであろう。
ただ、踊る者が大勢になれば、噂は噂でなくなってしまう。
言い知れぬ不安にさいなまれつつ、一行は佐野藩の陣屋に背を向けた。

四

日光街道、小金井宿本陣。
宗次郎たちは追っ手を逃れ、宇都宮から五里ほど南下した小金井宿にたどりついた。
松岡九郎左衛門はじめ千人同心も糾合《きゅうごう》できてはいたが、かなりの数が欠けている。

宿場は人気もなく、殺伐《さつばつ》としていた。

本陣へ一歩踏みこむなり、異臭に鼻をつかれる。

さらに奥へ進むと、庭に屍骸《むくろ》がいくつも転がっていた。

山狗どもが垣根の狭間《はざま》から侵入し、屍肉《しにく》を貪っている。

「うっ」

山井氏綱は口を押さえて走り、庭の隅で胃袋の中味をぶちまけた。

「これはひどいな」

九郎左衛門も動揺の色を隠せない。

「いったい、誰がこのようなことを」

屍骸には矢が刺さっていた。

武装した連中に急襲されたのはあきらかだ。

「松岡さま、こちらへ」

屋敷の奥から、千人同心のひとりが声を掛けてくる。

九郎左衛門といっしょに近づき、宗次郎は顔を背けた。

奉公の女たちであろうか。

一糸纏《いっしまと》わぬすがたで、折りかさなるように死んでいる。

ひとつところに集められ、陵辱《りょうじょく》されたあげくに刺し殺されたのだ。

ほかの部屋も調べてみると、随所に荒らされた形跡があった。

「物盗りの仕業だな」

そうだとしても、兇悪すぎる。

「どうなさる」

九郎左衛門に囁かれ、宗次郎は厳しい調子でこたえた。

「ほとけをこのまま置き捨てにするわけにもいくまい。庭に祭壇をつくり、荼毘《だび》に付してやろう」

「されば、経を読む和尚《おしょう》を捜してまいりましょう」

「宿場の近くにおればのはなしだがな」

亡くなった者たちを手篤《てあつ》く供養《くよう》しなければ、自分たちにもきっと不幸が訪れる。

宗次郎は、そうおもった。

一刻ほど経ち、祭壇に炎が燃えあがった。

運ばれた遺体が、つぎつぎに火を纏っていく。

煙の立ちのぼる空は暗く、黒雲が竜のように流れていた。

経をあげる坊主はいない。

手向《たむ》ける花は、庭に咲いていた卯《う》の花だ。
炎に照らしだされたみなの顔は、疲れきっている。
死者への供養も終わりに近づいたとき、陣屋のなかに生温《なまぬる》い風が吹きはじめた。
──びん。
弦音《つるおと》が響く。
塀《へい》の外だ。
「ひぇっ」
例幣使の若い従者がこめかみに矢を突きたて、棒のように倒れた。
「逃げろ」
九郎左衛門が叫んだ。
──びん、びん、びん。
不吉な弦音につづき、無数の矢が山なりに飛んできた。
「ぬわっ」
氏綱が上がり框《かまち》の手前で転ぶ。
助けようとした千人同心の背中に、矢が深々と刺さった。
──どすん、どすん、どすん。

こんどは、大槌《おおつち》で壁をぶち破ろうとする音が聞こえてくる。

すぐさま壁は突きくずされ、馬に乗った野武士《のぶせり》たちが雪崩《なだ》れこんできた。

「徳川は終わりじゃ。それ、突きくずせ」

荒々しい侍どもは、戦利品の甲冑を身に着けている。

「ふりゃ……っ」

九郎左衛門の槍が、馬上の男に襲いかかった。

「ぬぎゃっ」

男は腿を串刺しにされ、馬から振りおとされる。

「ぬわああ」

雄叫びとともに、後ろから新手《あらて》が躍りこんできた。

「野武士め」

宗次郎も腰の刀を抜きはなち、混乱の狭間へ飛びこむ。

「うりゃ」

まるで、戦国乱世に逆戻りしてしまったかのようだ。

「きゃつらを血祭りにしろ」

野武士どもは血走った眸子で叫び、盗んだ刀を抜きはなつ。

こちらも負けてはいない。
なにせ、八王子千人同心の精鋭なのだ。
天然理心流《てんねんりしんりゅう》の道場で鍛えられている。
簡単に引きさがるわけにはいかない。
「上様、ここはひとまず、裏手からお逃げくだされ」
味方の声を背中に聞きながら、宗次郎は刀を振りつづけた。
甲源一刀流の免許皆伝だけあって、太刀筋はしっかりしている。
だが、乱戦のなかで生きのこるには、よほどの運がなければ難しい。
「逃げろと言うのがわからぬのか」
誰かに叱りつけられ、背後から腕を引っぱられた。
九郎左衛門だ。
野武士よりも恐い。
返り血を浴びた鬼の形相で睨みつけられ、宗次郎は勝手口に逃れていった。

五

同夜。

天明宿から五里半、例幣使街道は太田宿より上野国へはいっていく。新田義貞《にったよしさだ》の生まれた地でもある宿場で家慶主従が草鞋を脱いだのは、本陣でも脇本陣でもなく、旅人たちがふつうに使う旅籠であった。古びた屋根看板には『弁天屋《べんてんや》』とある。旅籠の連中は侍にたいする礼を尽くしたが、窶《やつ》れきった顔の長い人物が徳川家慶であろうなどとはおもうはずもなかった。

三十名を欠ける者たちはいくつかの部屋に分かれ、もっとも大きな二階の広間で家慶を上座においた評定はおこなわれていた。

旅籠で評定などと聞いたこともないが、生きのびるためには仕方がない。沽券だの体面だのと言っている場合ではなかった。

小姓からもたらされる報告はいずれも噂の範疇《はんちゅう》を出ておらず、信用できるものは何ひとつない。にもかかわらず、江戸から遠く離れた上野国の宿場にも焦臭《きなくさ》い空気は伝わってくる。

偽りの物語でも、大勢の口を伝わるうちに真実味を帯びてくるから不思議だ。

まさしく、佐野藩堀田家の陣屋に林立していた旗幟がその象徴かもしれない。

蔵人介自身、千代田城の本丸が炎に包まれているとはおもってもいなかった。

ただ、胸に不安は渦巻いていた。

根拠のない不安は考える力を鈍らせ、行動する足を重くさせる。

蔵人介はさきほどから、噂の出所を丹念に探っていた。

たとえば、誰かが意図して噂を流しているとすればどうか。

家慶にとって最悪の情況をつくりだすために、江戸城や徳川の危機を煽りたてている者があるとすれば、それができる人物はただひとり、大御所の家斉をおいてほかにはいない。

「まさか、家斉公が」

実子の家慶を窮地に陥れるべく、すべて仕組んだことなのだろうか。

そうでなかったにしても、情況は家斉の描きたかったとおりに進んでいる。

雑賀衆《さいかしゅう》を雇って家慶を葬ろうとしたのが家斉だったとすれば、どのような手を打ってこようとも驚きはしない。

橘も家斉を疑っているようだった。

肝心の家慶自身は、どうなのだろうか。

父親に不審を抱いているのではあるまいか。

一見したところ、あまり深く考えている様子はない。

疲れと不安が思考を鈍らせているようだ。

それとも、生まれつき鈍重《どんじゅう》なのか。

あるいは、胆《きも》が太いのか。

どうも、わからぬ。

誰もが黙りこむなか、橘の声が朗々と響いた。

「当初の予定どおり、倉賀野から中山道を抜けることはできる。ただし、あまりよい手とは言えぬ。中山道には諸藩が睨みを利かせておろうからな。となれば、別の一手を考えねばならぬ。熊谷まで南下し、秩父《ちちぶ》街道からさきへ抜ける手じゃ」

すぐさま、棟田十内が反駁《はんばく》した。

「熊谷は忍藩のお膝元にござりまする。すんなり通してくれましょうか」

「あるのは忍藩だけじゃ。熊谷さえ通過できれば道もひらけよう」

「と、仰ると」

「秩父街道をたどって雁坂峠《かりさかとうげ》を越えれば、そのさきは甲斐《かい》じゃ」

なるほどと、猿彦が膝を打った。

甲斐は幕領《ばくりょう》ゆえ、邪魔だてする藩はない。

「城には勤番士も詰めておるし、何日か籠城《ろうじょう》することもできよう」

「いかにも、猿彦どのの言うとおりにござる」

橘は深くうなずき、上座の家慶にからだを向ける。

「上様、甲府《こうふ》ならば商人の行き来も頻繁ゆえ、江戸表の情況もわかりましょう」

——甲府へ。

橘が伺いを立てると、家慶はめずらしく首をかしげた。

「甲府勤番の者たちは、わしに恨みを抱いておるまいかのう」

甲府は素行の芳しくない幕臣たちが左遷されるところだ。

橘にもわかっている。

「上様、山流《やまなが》しにあった連中だからこそ、かえってよいのでござります。はたらきに応じて過分な褒美を与える。あるいは、江戸へ戻って出世の道筋もひらいてやると焚きつければ、俄然、やる気をみせましょう」

「そんなものか」

「はい」

「ならば、そうせい」

「ははっ」

主従のやりとりに耳をかたむけながら、蔵人介は甲州《こうしゅう》へ「山流し」になった友のことを頭に浮かべていた。

名は岩間忠兵衛《いわまちゅうべえ》。

甲源一刀流の剣客だが、にょほほんとした外見は剣客のものではない。江戸ではじめて会ったのは去年の梅雨時だった。門前に紫陽花《あじさい》の咲く町道場を訪ね、旬の蒸《む》し穴子《あなご》に舌鼓を打ったのをおぼえている。

当初、岩間は蔵人介を義弟の仇とおもいこみ、命を狙っていたが、誤解が解けてからは無二《むに》の友となった。鐵太郎《てつたろう》の剣術の師として選んだ相手でもあり、鐵太郎は濃《のう》という忠兵衛の娘に今でも恋慕《れんぼ》している。

忠兵衛は見事に仇を討ち、江戸を去って甲州へ戻った。義父の曽根房五郎《そねふさごろう》は、かつて甲州金山《きんざん》で名を馳せた金山衆《かなやましゅう》の元締めだ。ふたりに連絡を取ることができれば、どうにかなるような気がしていた。

「何とか連絡《つなぎ》をとる方法はあるまいか」

猿彦たちは交替で駕籠を担ぐので、頼むことはできない。みずから使者に立ってもよいが、より早く甲府にたどりつくことができる者は公人朝夕人の土田伝右衛門しかいなかった。事は急を要する。甲府城での籠城まで考えているのならば、先方のほうで家慶を迎える仕度も整えさせておく必要がある。やはり、伝右衛門を使者として送るべきだ。橘の了解を得てみようと、蔵人介はおもった。

六

同夜、日光街道の外れ、小山《おやま》城趾。

闇に煌めく星々が、精霊《しょうろう》流しの灯にみえた。

宗次郎は、ほっと溜息を吐いた。

おもいだす。

去年の文月《ふづき》十六夜《いざよい》、盂蘭盆会《うらぼんえ》の終わりに、宗次郎は親しい友の高橋大吉《たかはしだいきち》と妹の佳《か》奈《な》に誘われ、霊岸島《れいがんじま》の大川端《おおかわばた》へ向かった。夜風が優しく吹きぬける土手下には大勢の男女が集まっており、精霊流しがおこなわれていた。

大吉はそのころ、役無しの小普請組《こぶしんぐみ》で燻《くすぶ》っていた。生真面目な男で、剣術はからっきしだが算勘に優れ、道普請や橋普請に必要な人手と費用などをたちどころに算定してしまう。空で三桁《けた》や四桁の数を掛けたり割ったりもでき、けっしてまちがわない。誰もが舌を巻くほどの才能を持ちながら、世渡り下手のせいで目を掛けてくれる者がいなかった。

ほかの者ならどうでもよいが、大吉だけは何とか身のたつようにしてやりたいと、自分のことは棚にあげ、宗次郎は心の底からおもっていた。

そこへ、勘定所《かんじょうしょ》の組頭にならぬかと、降ってわいたような出世話が舞いこんだ。ただし、条件がひとつあった。妹の佳奈が勘定奉行の側室《そくしつ》になればという過酷な条件だ。双親《ふたおや》はすでに他界し、たったふたりの兄妹は寄り添うように生きてきた。妹を人身御供《ひとみごくう》に出すのかどうか、大吉は胃が捻《ね》じきれるほど悩んだあげく、条件を吞むことにきめた。

「あいつには夢があった」

――一所懸命にご奉公し、すえは御勘定奉行になる。

「平目《ひらめ》顔で、おもしろいことを抜かしておったな」

しかも、夢にはつづきがあった。

――御勘定奉行になったあかつきには、城をつくりたい。日《ひ》の本《もと》一の城を築き、暗雲の垂れこめたこの国に活気を蘇《よみがえ》らせる。

それが夢だと、大吉は言った。

「誰も考えつかぬ大それたことを、真顔で抜かす。だから、あいつが好きだった」

大川端から斜め前方をみやれば、永代橋《えいたいばし》が聳えており、大きく口を開けた暗闇に向かって、無数の精霊が吸いこまれていった。

まさに、夢のような光景を眺めながら、宗次郎は途轍《とてつ》もない淋しさを感じた。無邪気に遊んだ幼い日々と決別し、明日からは別々の道を歩みだす。三人で覚悟を決めた場所こそが、精霊流しのおこなわれた大川端だったからだ。

「城をつくりたい」

大吉の夢を口ずさみながら、心地良い風に身を委《ゆだ》ねている。

宗次郎たちは日光街道を外れ、かつて雄大な城のあった地に身を隠していた。小山《おやま》城は鎌倉の御代に下野国の守護をつとめた小山氏の根城《ねじろ》だった。後年になって北条《ほうじょう》氏の手で改修されたのち、豊臣秀吉《とよとみひでよし》の小田原征伐を経て家康子飼いの本多《ほんだ》正純《まさずみ》が入城した。正純が宇都宮へ移封《いほう》となり、廃城とされたのだ。

西の思川《おもいがわ》に沿って南北に細長かった城は、祇園《ぎおん》城とも呼ばれた。内府《ないふ》家康が関ヶ原の戦いに挑む際、豊臣恩顧《おんこ》の諸将に決断を迫った城でもある。

——内府にお味方たてまつる。

東軍につくか、西軍につくか。

決断を迫られ、最初に声をあげたのは、つねに先陣争いを演じてきた福島正則《ふくしままさのり》であった。正則を筆頭に八十有余の大名たちが東軍についたことで、家康は天下分け目の戦いに勝利し、天下を掌中におさめた。

耳を澄《す》ませば、諸将の息遣いが聞こえてくるかのようだ。

徳川の命運を決めた地で、宗次郎は息をひそめている。

少し離れた地べたでは、山井氏綱が筵《むしろ》を敷いて眠っていた。

城趾《しろあと》に建造物はない。石積みの城壁や空濠《からぼり》のつくりから、城の威容を頭に描くことはできた。

一時の平穏が、宗次郎を眠りに誘う。

ぼんやりとした頭に、城が浮かんできた。

小山城ではない。

どこの城であろうか。

みたこともない城だ。

もしかしたら、大吉が甲府に築いた城かもしれない。

妹の佳奈を側室にした勘定奉行は、とんでもない悪党だった。

宗次郎はそれを知って、向島の別邸へ佳奈を救いに向かった。ところが、腕の立つ用人頭から深傷《ふかで》を負わされた。生死の狭間を行き来しながら、今と同じように城の夢をみていたような気もする。

蔵人介の助力もあって、悪辣《あくらつ》な勘定奉行は成敗された。

大吉は甲州勤番へ配転となり、命を救われた佳奈とともに甲府へ向かった。

長月《ながつき》の終わり、内藤新宿《ないとうしんじゅく》までふたりを送った日のこともよくおぼえている。

城をつくる夢はあきらめていないと、大吉は悪童のように瞳を光らせた。

せっかく生かされた身ゆえ、夢を追わねばおもしろくない。

——甲府に行けば何やら、おもしろいことが待っているような気がしてならぬ。

大吉はそうも言った。

「あやつめ……」

今ごろ、どうしているのか。

「……会いたいな」

宗次郎は夢のなかでつぶやいた。

七

二十日、朝。

秩父街道、寄居《よりい》宿。

家慶主従は日光例幣使街道の太田宿から南に道をたどり、忍藩の連中が目を光らせる熊谷を無事に通過した。

荒川の南に面してみえる石積みは、北条氏が両毛《りょうもう》支配の拠点とした鉢形《はちがた》城趾だ。

――とっきょとっきょ、きょかきょく。

不如帰《ほととぎす》も囀《さえず》っている。

だが、景色を堪能《たんのう》している余裕はない。

棒鼻《ぼうはな》のさきに新たな関所が築かれているとのはなしを聞き、家慶主従は立ち往生を余儀なくされた。

宿場の水茶屋で休んでいると、様子を窺いにいった小姓が戻ってきた。

「橘さま、野武士《のぶせり》の取締だそうでございます」

「さようか。ならば、身分を明らかにすれば通してくれそうじゃな」

橘が伺いをたてようとした家慶は、赤い毛氈《もうせん》のうえでうたた寝をしている。

小用《しょうよう》を足したくなっても、公人朝夕人の土田伝右衛門はいない。将軍受けいれの仕度を整えておくべき旨の親書《しんしょ》を携え、ひと足先に甲府へ旅立った。橘が蔵人介の要望を容れたのだ。

かたわらで家慶を心配げにみつめるのは、幼名の敏次郎《としじろう》だったころから面倒をみてきた老臣の古木助八だった。

古木の後ろには、むっつり黙りこんだ佐平の不安げな顔もある。

橘は誰にともなく告げた。

「無論、こちらの素姓を正直に述べることはない。土井家の陪臣《またもの》あたりを名乗っておけばよかろう」

「それはどうか」

と、猿彦が面倒臭そうに不満を漏らす。

「姑息《こそく》な手を使わず、堂々と名乗ればよいではないか。痩せても枯れても、徳川の将軍さまであろう」

「こら、無礼者め」

「無礼なものか、わしの主人は帝じゃ。徳川の将軍ではないからな」

「ふん、おぬしとはどだい、はなしが噛みあわぬようじゃ」

橘はぷいと横を向き、棟田に出立の号令をかけさせた。

ふと、太刀持ちの小姓がよろめき、刀を落としかける。

救いの手を差しのべたのは、存外に動きの素早い古木だった。

「宝刀を落としてはならぬ。上様の守り刀じゃからな」

いつになく厳しい古木の態度に、蔵人介は首をかしげたものの、老骨の胸中に芽《め》生《ば》えた決意までは読みとることができなかった。

家慶は駕籠に乗りこんでも、うたた寝をつづけている。

しばらく進むと、宿場の棒鼻がみえてきた。

関所が築かれているのは、ここから一丁ほどさきだ。

橘は家慶に事情を説き、駕籠から降りてもらった。

「上様、これよりは徒歩《かち》にてお願い申しあげまする。土井家の御家中になっていただきまするが、よろしゅうござりますな」

「そうせい」

「されば、失礼つかまつる」

橘は一礼し、みずから駕籠に乗りこんだ。

「うひょっ、乗りおった」

家慶は何やら楽しげだ。

「よかろう、わしは今から橘右近さまの家来じゃ。橘さま、何ぞ不自由はございませぬか」

「上様、戯れておられるときではございませぬ」

「ふん、頭の固い男じゃのう」

家慶は太刀持ちから奪った大般若長光を腰に差し、堂々と胸を張って歩きだす。

気づいてみれば、関所の門は目のまえだ。

予想以上に頑強な造りで、役人たちは白鉢巻に襷《たすき》掛《が》けまでしている。

野武士の取締以外にも目途はありそうだが、今さら引きかえすわけにもいかない。

「お待ちあれ」

強面《こわもて》の門番に誰何《すいか》され、棟田十内が口上を述べた。

「われわれは土井家陪臣、橘右近の一行にござる」

「土井家の御家中がなにゆえ、寄居まで来られたのじゃ」

「地脈《ちみゃく》の乱れを正していただくよう、秩父神社へ祈願しにまいる」

下手な嘘を吐いたなと、蔵人介はおもった。

それでも、門番は一行を関所内へ通してくれる。

連れていかれたさきは面番所前の白洲《しらす》で、忍藩の役人たちが筵《むしろ》を敷きはじめた。

「あれに座れと申すのか」

家慶は難しい顔になる。

「上様、ご堪忍《かんにん》くだされませ」

宥《なだ》める役は、幼いころから諫言をしてきた古木にしかできない。

家慶主従は役人たちに促され、渋々ながらも筵に座った。

しかも、刀を預かるという。

脇差を奪われなかっただけでも、よしとせねばなるまい。

面番所の一段高いところで待っていたのは、裃《かみしも》を着けた偉そうな関守《せきもり》だ。

「拙者、剣崎兵庫《けんざきひょうご》と申す。役目上、お尋ねいたしたき儀《ぎ》がござる」

「どうぞ」

筵の最前列に座る橘が応じた。

「ご一行は地脈の乱れを鎮めるべく、秩父神社へ詣でなさるのか」

「はい」

「嘘を申すでない。秩父神社は妙見菩薩《みようけんぼさつ》を奉じておる。妙見菩薩とは天に瞬《またた》く七つ星のことじゃ。地脈とは何ら関わりがない」

うっと返答に詰まった橘の様子をみて、剣崎はたたみかける。

「土井家の陪臣を騙るとは不届き千万。おぬしら全員牢に繋いで取調をおこなうゆえ、神妙にいたすように」

「待て、無礼者」

家慶が真っ赤な顔で立ちあがり、腰の刀をずらりと抜いた。

どうやら、ひとりだけ役人に預けていなかったらしい。

「これはな、かの大般若長光じゃ。そちが藩主と慕う忠彦が、日光山本坊でわしに献上した忍藩の宝刀よ」

剣崎はうろたえず、鉄面皮《てつめんぴ》を貫こうとする。

「長光だの宝刀だのと、おぬしは何をほざいておる。しかも、わが殿を呼び捨てにしおって、怪《け》しからぬやつじゃ」

「何じゃと」

怒りが沸騰しすぎて、家慶は気を失いかけた。

俄然、筵に座った小姓たちは色めきたつ。

だが、周囲は槍を構えた役人たちに囲まれていた。

役人の数はこちらの倍を超え、士気《しき》もすこぶる高い。

結界《けっかい》を破れぬことはないが、手荒《てあら》なまねは避けたかった。

蔵人介は剣崎の目をみつめ、本音はどこにあるのか探った。

さきほどのやりとりを経て、戸惑っているのはあきらかだ。

本物の家慶主従ではないかと疑いを抱き、対処の仕方に苦慮《くりょ》しているのだとすれば、切りぬける活路《かつろ》はある。

蔵人介と同じように考えた者がひとりあった。

すっと立ちあがり、筵から外れた地べたに座る。

古木助八であった。

「関守どの、拙者は名も無き従者でござる。さきほど無礼をはたらいた者に四十年余りも仕えてまいりました。どうか、この枯れ木のごとき従者に免じて、あの者をお許し願えませぬか。このとおり、心よりお願い申しあげる」

嗄れ声が響いた。

地べたに額ずく老臣に注目が集まる。

水を打ったような静寂のなか、古木は面をあげ、素早く着物のまえをはだけた。

そして、脇差を抜きはなつや、皺腹めがけて切っ先を「えいっ」とばかりに突きたてたのである。

「ぬおっ」

深々と刺した刃を横に引き、抜いたそばからまた突きたて、こんどは下から縦に割いた。

「……お、お願い……も、申す」

古木は夥《おびただ》しい血を流し、俯《うつぶ》せのまま動かなくなった。

誰ひとり、ことばを発することもできない。

蔵人介の隣で、佐平はぶるぶる震えている。

「う、うわああ」

家慶が童子のように泣きわめいた。

「爺、爺よ……」

よろめく足で近づき、屍骸のうえに蹲《うずくま》る。

橘が毅然と胸を張り、剣崎を睨みつけた。

「関守どの、されば、お通し願おうか」

もはや、剣崎にもわかっている。

対面しているのは、正真正銘、徳川家の棟梁《とうりょう》なのだ。

偽者ならば、あれほど胆の据わった従者を抱えているはずはない。

古木助八は命を賭《と》して家慶を助け、関守の剣崎をも救おうとした。

安宅《あたか》の関《せき》で源《みなもとの》義経《よしつね》主従を許した富樫泰家《とがしやすいえ》のごとく、老臣の志を汲みとって情けをかければ、後々、剣崎が罰せられることはあるまい。それがわからぬほどの間抜けなら、国境《くにざかい》の要所に立ちふさがる関守を任されることはなかったであろう。

「許す」

剣崎兵庫は、観念したように吐きすてた。

八

小山城趾。

——ぱん、ぱん、ぱん。

宗次郎は筒音で目を醒ました。

「出てこい。うぬらは袋の鼠じゃ」

朝靄《あさもや》に包まれた城壁の外から、何者かの声がする。

「誰でおじゃろう」

氏綱は不安げな顔を向けた。

宇都宮藩の連中ではなさそうだ。

かといって、野武士《のぶせり》たちでもない。

崩れかけた鉄砲狭間《ざま》から覗くと、甲冑を纏った騎馬武者たちがみえた。

その前面には、長筒を構えた鉄砲足軽たちが二列横隊で構えている。

「五百はおるな」

九郎左衛門がうそぶいた。

宇都宮で散り散りになったので、千人同心の配下は半減している。

五百対五十で、しかも、向こうには飛び道具もあれば馬もある。

「勝ち目はなさそうでおじゃる。のう、影武者どの」

氏綱はすっかり弱気の虫に囚《とら》われ、本音を吐いた。

「わかっておったのか」

「今となってはどうでもよいことじゃ」

「そりゃそうだ」

宗次郎は逆境に強い。

「よし、わしがやつらの素姓を問うてこよう」

身を乗りだすや、九郎左衛門に押しとどめられた。

「拙者がまいろう」

「松岡どの」

「あの布陣からすれば、戦って血路《けつろ》をひらくしかない。万が一のときは、裏手から
お逃げくだされ」

「いいや、ともに戦う。ここで死んでも本望じゃ」

「ふっ、心強いことを仰る。それでこそ、徳川家の棟梁でござる」

「わしは影にすぎぬ。されど、影にも影の意地がある」

「お気持ちは、しかと受けとった」

九郎左衛門は素槍を提げ、ひとり城門の外へ踏みだしていった。

敵の軍勢は微動だにせず、じっと待ちかまえている。

双方の間合いは、どんどん縮まった。

九郎左衛門は足を止め、面前にずらりと並ぶ敵を睨みつけた。

「おぬしは何者じゃ」

馬上から、将らしき人物が声を荒らげる。

鼻髭《はなひげ》を生やした金壺眸子《かなつぼまなこ》の男だ。

九郎左衛門は巨体を揺すり、濁りのない声を放った。

「八王子千人同心の組頭、松岡九郎左衛門でござる」

「ほほう、おぬしが名に聞こえた槍の九郎か。されば、城趾に隠れた御仁は本物の家慶公とみて、まずはまちがいあるまい」

「おぬしら、家慶公のお命を狙っておるのか」

「そうじゃ。これほどの密命は一生に一度あるかどうか。ふふ、武者震いがしてくるわい」

勘のよい九郎左衛門が、かまをかけた。

「密命と申したな。それが大御所家斉公からのものとすれば、貴殿は西ノ丸御広敷支配の赤星廉也どのか」

一瞬の静寂のあと、馬上の人物が弾けるように嗤《わら》った。

「ぬはは、ようも見抜いたな。されば、生かしておくわけにはいかぬ」

「待て。大御所はなにゆえ、家慶公のお命を狙うのだ」

「知るか」

「将軍の命を奪えば、並みいる諸侯《しょこう》が黙っておるまい」

「甘いのう。千人同心の組頭ごときに教えるはなしではないが、死出《しで》の土産《みやげ》にこれだけは言うておいてやる。少なくとも、関八州の諸侯らは家慶公が身罷《みまか》られたとおもいこんでおる。ゆえに、大御所である家斉公の命にしたがわざるを得ぬ」

「それは大地震《おおない》によって、もたらされたことなのか」

「天もわれらに味方した。いずれにしろ、家慶公は江戸へ戻れぬ運命《さだめ》にあったのだ」

「事情はわかった。されど、家慶公のお命が欲しくば、われら八王子千人同心の屍《しかばね》を乗りこえてから行け」

「よう言うた。手はじめに、おぬしから血祭りにあげて進ぜよう。足軽ども、筒を構えよ」

黒光りした銃身が一斉に向けられる。

九郎左衛門は腰を落とし、素槍を構えた。

「放てい……っ」

赤星の合図と同時に、銃口が火を噴いた。

ところが、九郎左衛門のすがたはない。

つぎの瞬間、大きな人影が足軽どもの眼前にあらわれた。

「ただでは死なぬ」

素槍が一閃《いっせん》し、筒持ちの一隊が薙《な》ぎたおされる。

「うおおお」

背後で鬨《とき》の声があがった。

城趾から千人同心たちが飛びだしてくる。

「怯むな。馬で蹴散らせ」

赤星が吼《ほ》える。

騎馬隊が突出し、土埃《つちぼこり》を巻きあげた。

「逃すか」

九郎左衛門の槍は、まっすぐ赤星に向けられていた。

穂先が馬の鼻面《はなづら》を掠めるや、赤星は跳ねた馬から振りおとされる。

地面に叩きつけられたとおもいきや、ふわりと鳥のように舞いおりた。

「おのれ、槍の九郎め」

すぐさま腰の直刀を抜き、赤星は斬りつけてくる。

これを穂先で弾き、九郎左衛門は頭上で槍を旋回させた。

一対一の勝負なら、負ける気がしない。

だが、赤星は体術《たいじゅつ》に優れた忍《しの》びの頭目《とうもく》でもある。

さすがの九郎左衛門も、一撃で仕留めることはできなかった。

ふたりが対峙《たいじ》しているあいだにも、敵と味方は激突している。

城趾の外は合戦場に変わり、阿鼻叫喚《あびきょうかん》の坩堝《るつぼ》と化していった。

「わしも戦うぞ」

勇んで飛びだした宗次郎は、九郎左衛門の腹心《ふくしん》に止められた。

「組頭さまのお気持ちを汲んでくだされ」

「何を言うか。わしは戦う」

「どうか、お逃げくだされ。裏手の思川に小舟が用意してございます。われらが戦っている隙に、例幣使さまとお逃げくだされ」

「できるか」

宗次郎が叫んだとき、一発の鉛弾《なまりだま》が飛来した。

——ひゅん。

腹心が額を撃ちぬかれ、その場にくずおれる。

「ひぇっ」

氏綱は悲鳴をあげ、こちらに背をみせて駆けだした。

「待て」

宗次郎が追いかける。

背後では砂塵《さじん》が濛々《もうもう》と舞いあがり、激しい剣戟《けんげき》が繰りひろげられていた。

もはや、九郎左衛門の生死は判然としない。

土塁を越えると、思川の澄んだ水面が目に飛びこんできた。

「こっちじゃ、こっちじゃ」

小舟のうえから、氏綱が呼んでいる。

宗次郎は、何度も後ろを振りむいた。

足を引きずるように、小舟へ乗りこむ。

「松岡どの、すまぬ」

合戦場に手を合わせ、泣きながら祈りを捧げた。

九

同日夕刻、秩父街道長瀞《ながとろ》渓谷。

古木助八の屍骸《むくろ》は、寄居の関所そばで荼毘に付された。

寄居からさきは平地でなく、鬱蒼《うつそう》とした樹林のつづく山道に変わった。

忠臣を失って悄然《しょうぜん》と進む家慶主従は、馬継場《うまつぎば》のある野上《のがみ》宿で休息し、奇岩《きがん》の連なる風光明媚《ふうこうめいび》な渓谷として知られる長瀞を指呼においた。

寄居からわずか三里の道程が、ずいぶん遠くに感じられる。

しかも、このさきの金崎《かなさき》から親鼻《おやはな》までは、川幅があって流れの夙《はや》い荒川を渡らねばならない。

途中で小姓たちを物見《ものみ》に放ったので、従者の数は減じられていた。

組頭の棟田十内を筆頭に、小姓は十八人と少ない。

これに橘と佐平と蔵人介、猿彦ら三人の八瀬《やせ》衆をくわえても、二十四人にしかならなかった。

猿彦が身を寄せ、囁きかけてくる。

「どうも、不吉な予感がする」

蔵人介は、とりたてて何も感じない。

空は晴れ、野鳥の群れが飛んでいる。

猿彦は、なおも囁いた。

「このなかに裏切り者がおるとしたらどうする」

ともに苦難の道を乗りこえてきた従者のなかに、敵の間者《かんじゃ》がまじっているとはおもえない。

「まさか」

「やつらが家慶公のお命を狙うとすれば、長瀞の川渡りであろうな」

「やつらとは」

「静原冠者にきまっておるではないか」

「おるのか、やつらが」

猿彦の警告を無視することはできない。

「どうする」

「すり替えよう」

「上様と佐平をか。いったい、どうやって」

蔵人介が問うと、猿彦はにやりと笑う。

「ほかの連中に勘づかれぬよう、佐平を連れてきてくれ」

「上様は」

「隠す」

「防《ふせぎ》は」

「わしひとりで充分じゃ。おぬしは佐平を守り、間者が正体をあらわしたところで始末しろ」

間者がいるかどうかもわからぬのに、蔵人介は首肯《しゅこう》した。

ここは猿彦の勘を信じるしかない。

蔵人介は言われたとおり、佐平を列のしんがりに連れてきた。

「隙をみて、道の脇に隠れろ」

「はい」

佐平は素直に言うことを聞き、ふっと列からいなくなる。

ほぼ同時に、家慶を乗せた駕籠が止まった。

担いでいるのは、ふたりの八瀬衆だ。

「上様は御用を足しにまいられる」

猿彦が叫ぶと、従者たちは足を止めた。

家慶が駕籠ごと消えると、疲れきった従者たちはその場に座りこむ。

佐平が消えたことに気づいた者はいない。

しばらくすると、家慶を乗せた駕籠が戻ってきた。

正体を見破ることができたのは、蔵人介だけだ。

猿彦が戻ってこないことを気に掛ける者もいなかった。

「さあ、出立いたそう」

蔵人介が告げると、主従は鉛のような足を引きずった。

夕陽の沈む方角には宝登山《ほどさん》が聳《そび》えている。

このあたりに棲息する山狗は火伏せの神の眷属《けんぞく》として知られ、宝登山の名は日本《やまと》武尊《たけるのみこと》の名付けた「火止山《ほどやま》」に由来するという。一里強にわたってつづく渓谷には「秩父赤壁《せきへき》」と呼ばれる赤黒い岩壁などもあり、逃避行でなければゆっくり景色を楽しみたいところだった。

上流に向かって川岸を進むと、舟渡しがみえてきた。

渡し小屋にいるのは、老いた船頭がひとりだけだ。

しかも、桟橋には細長い舟が一艘しか繋がれていない。

「弱ったな。あの舟では五人乗るのがやっとじゃ」

橘は溜息を吐いた。

五人ずつ順に乗って、五往復しなければならない。

少なく見積もっても、全員渡りきるのに一刻はかかるだろう。

「日没に間にあうかどうかのところじゃな。かといって、野上へ戻ってもろくな宿はないし、明日の空が晴れわたるともかぎらぬ」

「橘さま、仰せのとおりにござります。川を渡ればつぎの秩父大宮まで四里もござりませぬ。夜道をたどっても進むべきかと」

橘は棟田の主張も容れ、川を渡ることに決めた。

「されば、拙者が小姓どもとさきに渡り、上様は二順目にお渡り願いたく存じまする。上様に随行申しあげるのは、組頭の棟田十内と平井又七郎、それから矢背蔵人介の三名じゃ。命に賭けても上様をお守りせよ」

「は」

棟田の横顔が強張った。

蔵人介は油断のない眼差しを送る。

万が一、棟田十内が裏切り者であったとしたら、狭い舟のなかで逃げ場はなくなる。

だが、蔵人介と八瀬の男たちを除いて、家慶と佐平がすり替わったことに気づいている者はいない。橘でさえも佐平がいないことに気づかず、佐平を本物の家慶だとおもいこんでいる。

さすがは影だ。

蔵人介は、胸の裡でつぶやいた。

人選を定めおわったところへ、老いた船頭が顔を出した。

「お渡りでごぜえますだか」

「おう、頼む」

「あっしは宝次郎《ほうじろう》と申しやす。宝次郎の宝《ほう》は宝登山の宝《ほう》にござりましてな」

「名の謂《い》われなぞ、どうでもよい。われら主従をひとりも欠けることなく、きっちり渡してもらえるのか」

棟田に詰めよられ、宝次郎は頭を掻いた。

「それがあっしの役目でごぜえやす」

「よう言うた。なれば、さっそく頼む」

おそらく、宝次郎は還暦を超えていよう。

だが、動作は機敏で、棹《さお》を持たせれば巧みに操ってみせた。

橘たちを乗せた舟はあれよというまに川へ漕ぎだし、流れに乗って見事に対岸へたどりついた。

着いたところから岸へ降りると、宝次郎は舟を曳《ひ》いて川上に上りだす。

「ほほう。流れを逆算し、どのあたりから漕ぎだせばよいのか、ちゃんとわかっておるようだな」

棟田はしきりに感心し、平井とうなずきあった。

ふたりは、阿吽《あうん》の呼吸で何でもわかりあえる間柄になっている。

おもえば、平井又七郎が吹上役人から小姓に昇進したのは、昨年の神無月《かんなづき》に家慶の影武者が首を刎ねられたときからだ。ずいぶんむかしのことのようだが、まだ半年しか経っていない。

蔵人介の目には、公方にそっくりの生首が蒼天に弧を描く陰惨な情景が焼きついている。

あのときは平井だけが冷静に動き、掃除之者に化けた刺客を一刀両断にした。

――ひん、からから。

渓谷に木霊《こだま》するのは、駒鳥《こまどり》の鳴き声であろう。

川岸を歩く五位鷺《ごいさぎ》は、黒い嘴《くちばし》に蛙をくわえている。

宝次郎の舟が戻ってきた。

対岸では、豆粒のような橘たちが両手を振っている。

最初に平井が乗りこみ、船頭と反対の舳《みよし》に向かう。

つぎに棟田が乗り、舷《ふなばた》から手を差しだした。

「さあ、上様。この手にお摑まりくだされ」

棟田に促され、家慶に化けた佐平が乗りこんだ。

蔵人介が最後につづき、船頭側の艫《とも》寄りに座る。

纜《ともづな》を解いた宝次郎が棹をさすと、舟はゆっくり滑りだした。

「川の随所に岩が突きだしてござったな、流れが渦《うず》巻いておりまさあ」

宝次郎はこともなげに言い、棹を左右に操る。

岸辺で眺めていたよりも、流れはずいぶん夙い。

棟田と平井は舳《みよし》から乗りだすように川面を睨み、蔵人介はじっと胡座《あぐら》を掻いている。

三人に挟まれた佐平は舷を両手で摑み、顎をぶるぶる震わせていた。

異変が起こったのは、川のなかほどに近づいたときだ。

行く手には亀岩《かめいわ》が頭を覗かせており、流れは渦を巻きはじめる。

平井又七郎が前触れもなく刀を抜き、棟田十内の背に斬りつけた。

「ぬわっ、何をする」

浅傷を負った棟田が驚いた顔で発すると、平井は一抹の躊躇《ちゅうちょ》もみせず、上段から二刀目を斬りさげた。

「くっ」

棟田は額を割られ、鮮血を噴きながら絶命《ぜつめい》する。

平井は屍骸を川に蹴りおとし、佐平に斬りかかった。

「お覚悟」

一歩遅い。

蔵人介が佐平を乗りこえ、国次を一閃させていた。

「ぬぐっ」

平井は脾腹《ひばら》を剔《えぐ》られ、口惜しげに顔をゆがめる。

「おぬしが間者だったとはな」

「……む、無念」

平井は血を吐き、舟から落ちていった。

ところが、船上の殺気は消えていない。

——がつっ。

凄まじい衝撃とともに、艫が亀岩に乗りあげた。

「ほほ、鬼役め、よくぞ平井を間者と見抜いたな」

振りむけば、宝次郎が上下に揺れる艫の先端に爪先で立っている。

蔵人介は頭を抱えた佐平を抱きよせ、宝次郎を三白眼《さんぱくがん》に睨みつけた。

「おぬし、静原冠者の束ねか」

「今ごろ気づいても遅いわ」

宝次郎は右手を伸ばし、面の皮をべりっと剝いだ。

内側にあらわれたのは、紅《べに》唇も生々しい女の顔だ。

「よ、よきか」

「さよう。社参前夜、日光山本坊の寝所で会って以来じゃ。ほほほ、明るいところでみやれば、なかなかに良い男ではないか。殺すのが惜しいのう」

よきは、さっと右手をあげた。

川上をみやれば、二艘の舟が飛ぶように迫ってくる。

いずれにも、半裸の手下どもが乗りこんでいた。

「それい」

よきの号令一下、船上から一斉に槍を投げこんでくる。

――どん、どん。

槍の穂先が舟に刺さった。

柄頭には長い綱が繋がれており、綱を片手で握った命知らずの連中が川を滑りおちる舟から中空《ちゅうくう》へ跳ねとんでくる。

「ひょう」

蔵人介は揺れる船上に踏んばり、ひとり目の腰骨を薙ぎ斬った。

ふたり目は舳に降り、三人目と四人目は亀岩のうえに舞いおりる。

体術に優れた連中だ。

よきは指先ひとつで、猛者《もさ》どもを操る。

だが、蔵人介にも心強い味方はあった。

八瀬の男ふたりが異変を察して川に飛びこみ、亀岩まで泳ぎついていたのだ。

「ほりゃ」

よきの手下たちは足首を摑まれ、川に抛りなげられた。

「ちっ」

よきが艫の先端から跳ね、凶器の斧を投げつける。

――ぎゅん。

鋭い刃は回転しながら佐平と蔵人介の頭上を擦りぬけ、瞬時に八瀬の男の首を飛ばした。

よきは亀岩に降りたち、もうひとりの八瀬衆を捜す。

ひとり残った八瀬の男は、艫のほうから顔を出した。

「よきめ、抜かったな。罠を仕掛けたのはこっちのほうじゃ」

「何じゃと」

「ぬえい」

八瀬の男は太い腕で艫を揺すり、舟を亀岩から引きはがす。

「させるか」

ふたたび、斧が投擲《とうてき》された。

——ぎゅん。

凶器は中空高く舞いあがり、激しく回転しながら落ちてくる。

——ずん。

八瀬の男の頭蓋《ずがい》に、深々と刺さった。

と同時に、舟が動きだす。

槍を何本も刺したまま、岩から外れて滑りはじめる。

「逃がすな」

よきが叫んだ。

手下どもが宙へ飛ぶ。

蔵人介は国次を払った。

「ぬげっ」

手下のひとりが血を吐き、水面に消えていく。

流れに翻弄《ほんろう》されながらも、蔵人介は槍と繋がった綱を断った。

ふと、対岸をみれば、橘右近が必死に家慶の名を呼んでいる。

その声も、何もかもが、一瞬ののちには水泡《みなわ》と消えていった。

張《は》り子《こ》の城《しろ》

一

卯月二十二日、朝。
秩父街道、栃本《とちもと》。
蔵人介は山の急斜面にへばりつく道を歩いている。
長瀞から十里強、ここまでは一日半の行程となった。
左手後方を振りかえれば、三峰山《みつみねさん》の稜線《りようせん》がくっきりとみえる。
眼下一面に黄色い山吹草《やまぶきそう》が群生しており、季節は半月ほど遡《さかのぼ》ったかのようだ。
「空が近いな」
猿彦がぽつりとつぶやいた。

家慶を連れて無事に長瀞の川を渡らせ、夜陰《やいん》に乗じて道を稼いだ。

よきに率いられた静原冠者たちは煙と消え、今は気配もない。

長瀞での出来事が嘘のようにさえおもわれた。

だが、猿彦の懐中には仲間の遺髪が仕舞ってある。

涙もみせずに耐えている大男の後ろ姿が、どうにも哀れで仕方なかった。

栃本の周辺に点在する集落は、地続きであるにもかかわらず、古くから「島《しま》」と呼ばれている。「島」と呼ばねばならぬほど、行き来がたいへんなのだ。

奥秩父の渓谷を一望できる高みには、武田《たけだ》家の遺臣《いしん》に守られた関所がある。

以前はこの近辺でも金が豊富に採掘できたので、金を盗む者を取りしまるために築かれた関所であったが、徳川の御代になってからは「甲武信《こぶしん》」と呼ぶ周辺三国を結ぶ交流場としての役割を課されるようになった。

関所の通過はおもいのほか容易で、一行は誰何《すいか》もされずに宿場へ足を踏みいれた。

ふと、見上げた旅籠の二階から、緋牡丹を染めぬいた手拭いがぶらさがっている。

猿彦は手拭いを目敏《めざと》くみつけ、疲れきった家慶主従を旅籠へ導いた。

合図の緋牡丹は近衛家の家紋らしい。

二階で待っていたのは、例幣使街道の天明宿から江戸の様子を窺いに向かわせた八瀬衆のひとりだった。

名は火助《ひすけ》という。

たった三日で江戸とのあいだを往復できたのも驚きだが、一行を捜しあてた能力も凄い。

「よくぞ、わしらの足跡がわかったな」

橘が驚いてみせると、猿彦が鼻をひくつかせた。

「匂いでわかるのよ」

「なるほど、山狗並みに鼻が利《き》くわけじゃな。よし、さっそく、江戸の様子を聞かせてもらおう」

「されば」

みずからの目で江戸の町をつぶさにみてきただけに、火助の報告はみなが待ちわびていたものだった。

「本丸が焼失したなどという噂は、まったくの偽りにござります。外様大名の軍勢が千代田のお城を取りかこんでもおりませぬ」

「さようか」

一同はほっと安堵し、火助にさきを促す。

「ひとつだけ、噂が真実に変わったものがございます」

「それは」

「家慶公が身罷られたとの噂にございます。もはや、江戸では誰ひとりとして疑う者はありませぬ。大御所の家斉公はお嘆きの余り、床に就いてしまわれたとも聞きました。ところが、一日も経たぬうちに快癒《かいゆ》し、今は西ノ丸から本丸へお移りになる準備をしておられます」

「ひぇっ」

家慶が素っ頓狂な声をあげた。

「大御所が本丸に移るじゃと」

「はい」

「右近よ、これはどうしたことじゃ。許さぬぞ。いくら父上でも、そのような身勝手は許さぬぞ」

歯軋《はぎし》りをして口惜しがっても、死んだとされた者のことばに耳を貸す者はおるまい。

「上様、お気を確かに。懸念すべきは、関八州の大名たちがすべて敵にまわるやもしれぬということにございまする」

橋は、びしっと釘を刺す。

「恐れながら」

火助が発言を求めた。

「橋さまのご懸念は、すでに、目にみえたものになりつつござりまする」

「どういうことじゃ」

「はい。大御所さまが関八州の諸将に向かって、家慶公の名を騙る者あらば即刻成敗せよとの触《ふ》れを出されました。それだけではござりませぬ。成敗して偽者の御首級をあげた者には官位昇進もあり得るとのこと」

「何を抜かす。武家に官位を授けることができるのは、徳川の将軍のみぞ」

橋がどれだけ声を荒らげようとも、将軍不在を理由に親政《しんせい》を敷きたい大御所家斉に抗う術はない。

徳川幕府の定めた禁中 並《きんちゅうならびに》公家諸法度《くげしょはっと》によれば、武家の官位は公家の官位と切りはなして考えるべきこととされていた。唯一の任命者は将軍であり、将軍の任じた官位は朝廷に申請して帝の勅許《ちょっきょ》を得たうえで公認される。

ことに、勅許を得て公認された「従五位下《じゅごいげ》」や「従四位下《じゅしいげ》」といった位階《いかい》は、江戸城内における伺候《しこう》席の席次《せきじ》などに影響する。位階が上がれば与えられる官職《かんしょく》も重くなり、大名同士のあいだでは出世の目安となる。家格や体面にも差が生じてくるので、関八州の中小大名は喉から手が出るほど上の位階を欲しがった。

家斉はそこに目をつけ、家慶を葬る巧妙な仕掛けをつくったにちがいない。

ただし、それすらも憶測《おくそく》の域を出なかった。家斉は家慶がほんとうに死んだとおもいこんでいるかもしれないのだ。

火助はつづける。

「大御所さまのお墨付きを得て、諸侯は影武者狩りに目の色を変えているところにござりましょう」

関八州にある五十有余の諸侯が甲冑に身を固めた軍勢を引きつれ、雲霞《うんか》のごとく圧《お》しよせてくる。

蔵人介はあり得ない情景を空想し、勝手に胸を昂《たか》ぶらせた。

二百有余年もつづいた平穏が、ついに破られる日が来るのだろうか。

一方では最悪の道筋に怯えつつも、また一方では大変動の流れに身を置きたい衝動がある。

家臣たちが顔を曇らせるなか、家慶だけは涼しげな顔で発してみせた。

「わしが生きて本丸へ戻れば、それでよいのであろう。ならば、おぬしらで戻る方策を立てよ」

「上様、そのお覚悟、お見事にござります」

橘は涙ぐみ、真っ赤な目で家慶をみつめる。

「右近よ、泣いているときではあるまい」

「はは。されば、申しあげます。諸藩は街道の各所に関所を設け、蟻一匹通さぬ覚悟でのぞんでくるものと考えまする。さすれば、やはり、進むべきさきは甲府をおいてほかにはござりませぬ」

家慶は宙に目を泳がせた。

「甲府勤番支配《きんばんしはい》はたしか、ふたりおったな」

「山手組《やまてぐみ》が永川伊予守為定《ながかわいよのかみためさだ》どの、追手組《おうてぐみ》が権田淡路守正明《ごんだあわじのかみまさあき》どのにござりまする」

「骨のある連中か」

「いずれも三千石を超える大身ではござりますが、はたして、骨のほうは」

「水母《くらげ》か」

「いえ、そこまでは申しませぬ」

「まあよい。配下はどれだけおる」

「勤番衆は、ぜんぶで二百名にござりまする」

「たった二百で甲府城に籠城したとして、何日保《も》つとおもう」

「一千を超える軍勢で攻めたてられたら、半日と保ちますまい」

「さようか。ならば、籠城は無理じゃな」

「攻められるまえに援軍が来てくれさえすれば、助かる術《すべ》もあろうかと」

「どこに援軍がおるのじゃ」

橘が返答に詰まると、火助がまた発言を求めた。

「恐れながら、ご老中の水野越前守さまが家臣団を引きつれ、古河城に入城したとの報がござりまする」

「なにっ、忠邦が古河におると」

家慶の顔が明るくなった。

すかさず、橘が口を挟む。

「上様、光明《こうみよう》がみえましたぞ。越前守さまに親書《しんしよ》をお送りくださりませ。さすれば、たちまちに上様のご筆跡と看破《かんぱ》なされ、御自ら甲府へ馳せ参じなさるは必定《ひつじよう》かと」

公明正大を標榜《ひようぼう》する忠邦ならば、大御所家斉の発した触れを疑ってかかるだろうし、家慶の生存が判明したあかつきには、何をさておいても救出の手だてを講じるにちがいない。誰もが、そう期待した。

「古河には土井大炊頭さまもお戻りであられましょう。おふたり揃えば、鬼に金棒にござります」

末席の猿彦が皮肉まじりに水を差す。

「火助の足でも、古河までは一日かかる。越前守が家慶公のご存命を確認し、諸侯に通達を出しても、さきに大御所の触れを受けとっているかぎり、容易に聞きいれはせぬだろう。となれば、越前守はみずから家慶公をお助けすべく、軍勢を整えて甲府へやってくるしかない」

援軍が甲府に到達するまでに、どれだけ急いでも五日は掛かると、猿彦は算盤《そろばん》を弾いた。一方、栃本から甲府までは十四里ほどなので、家慶主従は明日の昼までには甲府城へ達することができよう。

「ふうむ」

橘は唸った。

「隠密裡《おんみつり》に入城し、じっと援軍を待つ。それも一手じゃが、敵に漏れたら一巻の終わりじゃな」

寄居の関所では、忍藩の剣崎兵庫におそらくは正体を見破られている。剣崎が藩の目付に報告すれば、家慶主従が甲府に向かったことは容易に推察できるはずだ。武士の情けで正体を明かさずにいてくれることを祈るばかりだが、剣崎がいつ心変わりせぬともかぎらない。

ただし、甲府が危ういからといって、山里のどこかに隠れても諸藩の探索の手が伸びてこぬ保証はない。あるいは、野武士たちに襲われる恐れも否めなかった。

やはり、甲府城へ逃れておくほうがよさそうだ。

「そうせい」

家慶はいつもの調子で、投げやりに言いすてる。

疲弊しきった家臣たちは、平伏するしかなかった。

二

――つい、つい、つう、つぴい。

鳴いているのは山雀《やまがら》であろうか。

火助は家慶の親書を携え、疾風のように山間《やまあい》の道なき道を駆けぬけていくにちがいない。

猿彦によれば、火助が無事に古河へたどりつけるかどうかは五分五分だという。

「静原冠者に命を狙われることも考え、二の手を打っておかねばならぬ」

「二の手とは」

蔵人介が問うても、猿彦は薄く笑うだけだ。

「すぐにわかるさ」

家慶主従は肩で息をしながら、塩山《えんざん》の宿場に着いた。

石和《いさわ》までは三里もない。

「やはり、雁坂峠《かりさかとうげ》の難所がきつかったようだな」

ざっと数えても、小姓たちは十五人ほどに減っている。

これに橘と佐平と蔵人介、それに猿彦をふくめても、従者は十九人しかいない。

もはや、駕籠を担ぐ者もいないので、家慶は荷馬に乗るか歩くか、どちらかしかなかった。

急勾配《こうばい》の雁坂峠は歩いて登ったため、家慶は脹《ふく》ら脛《はぎ》を痙攣《けいれん》させている。

今は馬上に揺られており、どうにか手綱を握っている状態だった。

「笛吹川《ふえふきがわ》を渡れば、左手に恵林寺《えりんじ》がみえてこよう」

「恵林寺か」

武田信玄《しんげん》の菩提寺《ぼだいじ》で、南北朝《なんぼくちょう》期の高僧として名高い夢窓疎石《むそうそせき》が開山した。

ようやく薄暗い山間を抜けだし、肥沃《ひよく》な甲斐国へ踏みこんだ気分になってくる。

降りそそぐ日射しは強いものの、街道に吹きぬける風は爽やかに感じられた。

猿彦は蔵人介をしんがりに導き、他の者に知られぬように囁きかけてきた。

「残った従者のなかに、敵に内通する者がおるやもしれぬ」

「まさか、ここまで来てそれはあるまい」

「おらぬと言いきる自信はあるのか」

恐い顔で問われれば、自信はなかった。

「人を信じてはならぬ。それが生きのびるための教訓じゃ。よいか、今からひと芝居打つゆえ、わしを斬れ」

「何だと」

「ふふ、公方と橘右近には了解済みじゃ」

「待て」

猿彦は待とうとせず、小姓のひとりから刀を奪った。

「ふおっ」

気合一声、こちらに背中をみせて歩く佐平に斬りかかる。

——ばすっ。

背中を斜めに斬られ、佐平は仰向けに倒れた。

「あっ」

蔵人介は驚くと同時に、腰の国次を抜いている。

「鬼役め、死ね」

大上段から斬りつけてくる猿彦の一刀を弾き、巧みに潜りこんで脾腹を搔いた。

「ぬぐっ」

猿彦はもんどり打って倒れ、ぴくりともしなくなる。

「何事じゃ」

橘が先頭で怒鳴り、小姓たちが馬上の家慶を守りにはいった。

「ご安心めされい。裏切り者は成敗いたしました」

蔵人介は刀を振り、素早く鞘に納める。

「影は死んだのか」

橘に問われ、蔵人介は屈みこむ。

佐平の首筋に指を翳《かざ》し、首を左右に振った。

「残念ながら、逝《い》きましてござる」
「詮方《せんかた》あるまい。さきを急ごう」
小姓たちは、何とも不自然な出来事を振りかえろうともしない。
疲労のせいで頭を使う余裕もなく、命じられたとおりに歩きはじめる。
あらためて馬上の人物をみつめ、蔵人介は息を呑んだ。
潤《うる》んだ眼差しのなかに、わずかな怯えが宿っている。
「……お、おぬし」
佐平なのだ。
馬上の男が影武者の佐平で、猿彦が背中を斬ったほうが本物の家慶なのだ。
そういえば、雁坂峠の途中で、家慶と佐平が順に用を足したことがあった。
長瀞で使ったのと同じ手法に、蔵人介はまんまと騙されたことになる。
もちろん、蔵人介は猿彦を斬っていない。
斬るふりをしただけだ。
猿彦に斬られたはずの家慶も、ちゃんと脈はあった。
ふたりは今ごろ起きあがり、恵林寺へ向かったにちがいない。
御所《ごしょ》の防《ふせぎ》を役目とする猿に命を託すとは、家慶もなかなかのものだ。

裏返して考えると、側近たちでさえも信用できなくなっているのだろう。

いずれにしろ、影武者の正体を知る者は、橘と蔵人介のふたりだけになった。

今からは佐平を本物の公方にみたて、命懸けで守らねばなるまい。

石和に近づくにつれて、梨の甘い香りが濃くなってくる。

どうやら、甲府城が死に場所になりそうだなと、蔵人介はおもった。

三

同夕、古河城大広間。

さまざまな情報が飛びかい、混乱の収拾《しゅうしゅう》に追われるなか、水野越前守忠邦は鬱《う》金《こん》色の陣羽織を纏ったまま、八瀬の男がもたらした親書を読みかえしている。

すでに何度か目を通し、筆跡も確かめた。

「やはり、上様はご存命のようじゃ」

ひとりごち、口を噤《つぐ》む。

がらんとした大広間には誰もいない。

人払いをしていた。

自分ひとりが、重大な秘密を握ったことになる。

老中になりたてだった四年前のわしなら、即座に兵を束ね、なりふりかまわず甲府へ向かったであろうな。

幕閣で重きをなす今は、軽々しい行動は慎まねばならぬ。

大御所家斉から発せられた異例とも言える「影武者狩り」の触れは、関八州に領地を持つ諸侯に難題をつきつけた。これに先だって早々に発せられた「家慶逝去」の報を、誰もが疑ってかかっていたからだ。

ひょっとしたら、位階という好餌《こうじ》と引換《ひきかえ》に将軍謀殺という前代未聞《ぜんだいみもん》の罠を仕掛けているのではあるまいか。

少なくとも、忠邦は家斉の心中を勘ぐっていたし、日光から這々《ほうほう》の体《てい》で戻った土井大炊頭利位も首をかしげていた。利位などは「いったい、誰が上様の討ち死にを目にしたのか」と息巻き、噂の根拠を探ろうと躍起《やっき》になっている。

大雨のせいで荒川を渡ることができなかった外様大名たちも、とりあえずは江戸の藩邸まで退《ひ》いて、じっと様子を眺めていた。

家慶がほんとうにこの世から消えてしまえば、家斉の心中をどのように勘ぐろうとも意味はなくなる。世の中は家斉親政に向かって動き、このたびの大仕掛けで功のあった者は出世を果たすであろう。

忠邦は将軍となった家慶にたいし、いささか恨みを抱いていた。

舌鋒《ぜっぽう》鋭く幕閣を仕切り、政事《まつりごと》の中心でありつづけたにもかかわらず、家斉の隠居にともなって家慶が念願の征夷大将軍《せいいたいしょうぐん》になった際、忠邦は老中首座に任じられなかった。大いに期待していただけに、がっかりしたのをおぼえている。せめて、評定に座っているだけでも邪魔な井伊掃部頭直亮《なおすけ》だけは大老職から外してほしかった。

もちろん、自分の出世など瑣末《さまつ》なことだ。

器の大きな人物の考えることではない。

だが、忠邦は今、切り札を握っている。

家斉と家慶のどちらを取るか、天下人《てんかびと》と呼ぶべき両者を天秤に掛けることができる立場にあるのだ。

「ぬうっ」

眉間《みけん》に縦皺を寄せていると、背後に何者かの気配が立った。

驚いて振りむけば、耳の尖った坊主頭の男が佇んでいる。

「慈雲か」

家慶に取りいって出世した伽衆は、土井利位の家臣に守られて古河まで逃げのびた。

主立った諸侯も無事に帰城を果たし、外様の脇坂中務大輔安董も江戸への帰路をたどっているはずだ。

「越前守さま、丈七尺の大男が訪ねてきたようですな。もしや、帝の輿を担ぐとかいう八瀬の男にござりましょうか」

「みたのか」

「ちらとではござりますが。日光山は大谷川の河原でも、八瀬の男たちを見掛けた者がおりまする。はたして、味方なのか敵なのか」

「わしにもわからぬ」

「して、かの者が上様の親書でも持ちこみましたか」

「ん」

「図星《ずぼし》のようでござりますな」

「なぜ、わかった」

忠邦は首を捻《ひね》り、慈雲を睨みつける。

「平にご容赦を。恐れながら、越前守さまは迷っておいでなのではござりませぬか」

「おぬしはいったい、何を言っておる」

「お隠しなされますな。拙僧は越前守さまのお味方にござります」

「黙れ。伽衆のおぬしごときに、腹を探られたくはないわ」

「上様はご存命なのでござりましょう。されば、さっそくお救いに向かわねばなりますまい。物見によれば、もうすぐ、赤備えの家臣団が大挙《たいきょ》して古河城下にたどりつくとのこと」

「なにっ、井伊家の軍勢が来おったのか」

「一千五百はおりましょうな。これに、越前守さまと大炊頭さまの兵力を合わせれば、三千に近くなりまする。それだけの兵力なれば、まず、援軍としては申し分ござりますまい」

慈雲は軍師気取りで、淡々と兵力を見積もってみせる。

忠邦は呪《まじな》いでも聞いているような気分で、耳をかたむけていた。

「越前守さま、迷うておられるときではござりませぬぞ」

「ふん、おぬしに言われずとも、わかっておるわ」

「されば、肝心なことをお尋ねせねばなりませぬ。上様は今、いずこにおられます」

「おぬしが知ってどうするのだ」

「側近ならば、知らねばなりますまい」

慈雲は顔を寄せ、じっと目の奥を覗きこんでくる。

「あんたりをん、そくめつそく、びらりやびらり、そくめつめい、ざんざんきめい、ざんきせい……」

口から吐きだされたのは、奇妙な呪いだ。

「うぬ」

次第に意識が遠のいていく。

ふわりと、雲の上にでも乗った気分だ。

それが人を気絶させる陰陽師の呪いであることなど、忠邦にわかろうはずもない。

「くっ」

奪われてはならぬ。

親書を奪われてはならぬ。

慈雲のすがたはみえず、声だけが靄《もや》の向こうから聞こえてくる。

「さあ、お教えくだされませ。上様はいずこにおられます」

——甲府。


と言いかけ、忠邦は口をへの字にまげる。

咄嗟《とっさ》に握った小柄《こづか》の先端で、みずからの腿を突いた。

「くっ」

血が流れ、痛みが全身を駆けめぐる。

と同時に、まやかしの術から逃れられた。

強靭《きょうじん》な意志の力が、慈雲の妖術に勝ったのだ。

「誰か、誰かおらぬか」

親書を懐中に仕舞い、忠邦は疳高い声をあげた。

使番が飛びこんでくる。

「出立じゃ。兵らに告げよ」

「はは」

使番は廊下へ飛びだした。

「くそっ」

忠邦は悪態《あくたい》を吐《つ》く。

部屋をみまわしても、慈雲のすがたはない。

そばに佇んでいたことさえ、判然としなかった。

四

――げっ、げげっ、ぶっぽうそう。

闇の奥で木葉木菟《このはずく》が鳴いている。

火助は親書を届ける役目を無事に果たしたが、忠邦率いる援軍が甲府に向かうことを見届けねばならぬとおもった。

古河城下には、赤備えの雑兵たちが陸続と踏みこんでくる。

「井伊家の連中もくわえれば、かなりの大所帯になりそうじゃ」

城で休んでいた雑兵たちも、急いで軍装を整えはじめていた。

誰もが口々に「闇夜の進軍じゃ」と言いかわしている。

もはや、まちがいあるまい。

今宵、忠邦は甲府に向けて援軍を出立させる。

「よし、これでいい」

急いで甲府に戻り、猿彦や家慶主従に吉報を伝えねばなるまい。

それこそが、長瀞で死んでいった仲間たちへの供養にもなろう。
腰に付けた印籠《いんろう》に手をやり、ひとかけらの黒砂糖を取りだして口に抛った。
これで一刻は呑まず食わずで走りつづけることもできよう。
印籠は猿彦に貰ったもので、甲州産の精緻な印伝細工《いんでんざいく》だった。
死んだふたりの仲間も、同じ細工で色ちがいの印籠を貰っていた。
猿彦はそればかりか、故郷で待つ女房への土産にと、印伝細工の簪《かんざし》もくれた。
火助の女房は身籠《みご》もっている。そのことを知っていて、気遣ってくれたのだ。
「ありがたい」
猿彦への感謝とともに、名状《めいじょう》しがたい郷愁《きょうしゅう》が迫りあがってくる。
女房と腹の子はきっと、首を長くして待っておるであろうな。
「よし、まいろう」
勇躍《ゆうやく》、足を踏みだすや、突如、殺気が膨らんだ。
——ひゅん。
棒手裏剣《ぼうしゅりけん》が飛んでくる。
「ふん」
手首に巻いた鉄輪《かなわ》で叩きおとした。

さっと身構え、闇の奥に目を凝らす。

あらわれたのは、坊主頭の男だ。

耳が木葉木菟の羽角《うかく》のように尖っている。

「ふうん、八瀬の男は夜目《よめ》も利くのか」

喋った。腹に響く低い声だ。

「何者じゃ、おぬしは」

城内でみた。日光山でもみた。

たしか、家慶のそばにいた伽衆のひとりだ。

「伽坊主か」

「さよう、わしは慈雲と申す。おぬしなんぞの相手をしている暇はないが、親書の中味をどうしても確かめたい。素直に吐けば、楽に死なせてやるぞ」

「ほざけ」

火助は眸子を怒らせ、前歯を剥いて威嚇《いかく》する。

「力んでも無駄じゃ。家慶公はいずこにおられる。越前守の配下も行き先を告げられておらぬようでな、きゃつらが出立いたせばわかることじゃが、抜け目のない越前守のこと、裏を掻かれぬともかぎらぬ」

慈雲は音もなく、すっと近づいてくる。

「それにな、家慶公は巧みに影武者をお使いじゃ。わしもうっかり騙された。日光街道を進む連中が本物とおもいこみ、無駄な追手を仕掛けてしもうたのだわ」

「伽坊主のくせに、家慶公のお命を狙うておるのか」

「そうよ。この世で一番金になるのは公方首じゃ。ふふ、長々と待った甲斐があったわい。冥途《めいど》の土産に、公方首がいくらになるか教えて進ぜよう。二十万両じゃ。わからぬのか、こたびの社参に掛かった費用と同じ額よ」

二十万石以上の大名たちに洋銀を買わせて捻出した費用が、すべて、慈雲の手に渡るのだという。

いったい、誰が払うと約束したのだろうか。

もちろん、そのような大それた約束ができる人物は、たったひとりしかいない。

「大御所か」

「ほかに誰がおる。二十万両を払ってでも、息子の命が欲しいというわけさ」

火助は才槌頭《さいづちあたま》を振った。

「わけがわからぬ」

「そうであろう。八瀬のでかぶつに、わかろうはずはない」

「長い口上は、それで終わりか」

「まあな」

「されば、死ね」

火助はぷっと頬を膨らませ、一気に息を吐いた。

――ぶわっ。

刹那《せつな》、火焔《かえん》のかたまりが闇に放たれる。

「ぬわっ」

慈雲はあっという間に火達磨と化し、その場にくずおれた。

火助は小走りに近づき、黒焦げの屍骸を睨みつける。

「ん」

ちがう。人の屍骸ではない。

「木葉木菟か」

背後に殺気が立った。

「ぬふふ、大道芸《だいどうげい》でわしを倒せるとでもおもうたか」

耳に囁く声が聞こえる。

「ここが墓場と心得よ」

白刃が閃いた。

首筋に冷たいものが走る。

「ぬっ」

火助の首が落ちた。

首無し胴は小刻みに震え、仰向けに倒れていく。

「でかぶつめ」

慈雲のすがたが、ふっとあらわれた。

屈みこみ、火助の腰に付いた印籠を引きちぎる。

「ほう、印伝細工か。おもったとおり、甲府のようじゃな」

慈雲は暗闇を睨んだ。

「誰ぞ、そこにおるか」

声を掛けると、配下の忍びが蠢《うごめ》く。

「至急、赤星廉也に伝えよ。川越、忍、岡部、伊勢崎、館林、足利などの諸藩に使いを放ち、全軍全速をもって甲府城へ馳せ参じよとな」

忍びの気配は消えた。

「これで、顎長公方ともおさらばじゃ」

首の無い火助の手には、印伝細工の簪が握られている。

慈雲は屍骸をまたぎ、謡《うたい》を口ずさみながら歩きだした。

五

翌二十三日午後、甲府城。

佐平を影武者と疑う者は誰もいない。

城内本丸の大広間では、山手支配の永川伊予守為定と追手支配の権田淡路守正明が床に額を擦りつけるように平伏していた。

「上様におかれましては、遠路遥々《えんろはるばる》甲府城までお運びいただき、まことに恐悦至極に存じまする。へへえ」

甲府は素行不良の旗本たちを懲罰《ちょうばつ》として配転するさきでもあり、甲府勤番への任命は「山流し」などと呼ばれ、幕臣たちに忌《い》み嫌われている。ただし、勤番士を束ねる支配は遠国奉行の筆頭として駿府城代と並ぶ高い地位にあり、一千石の役料まで頂戴することができた。野心旺盛な大身旗本にとっては、出世の足掛かりにできる役目にほかならず、とどこおりなく何年かつとめた者はみな、大番頭《おおばんがしら》や書院《しょいん》番頭《ばんがしら》や小姓組番頭《こしょうぐみばんがしら》などに昇進していった。

じつを言えば、橘右近も甲府勤番支配を経て小姓組番頭への出世を果たした。甲府のことは隅々《すみずみ》まで熟知しているうえに、永川と権田がどのような心持ちでいるのかも手に取るようにわかった。

しかも、甲府の内情は事前に使いに出した公人朝夕人から、細部にいたるまで報告を受けている。ふたりの支配はひとことで言うと「腑《ふ》抜《ぬ》け」で、勤番士たちからは小莫迦《こばか》にされていた。

そのわりに統率がとれているのは、勤番士の核になる二十人の与力《よりき》たちが武田家遺臣の系譜《けいふ》を引く者たちで固められており、いずれも独立独歩の気概をそなえているからであった。

正直、ふたりの支配はどうでもよい。橘は二十人の与力を手足のように動かしたいと考えていた。したがって、通常ならば目見得のかなわぬ与力たちも、大広間の末席に呼びつけてある。

ずらりと並んだ与力たちはいずれも偉丈夫《いじょうふ》で、徳川家の将軍を面前にしても恐縮する様子は微塵《みじん》もない。

自分たちの主人は先祖代々武田氏で、忠心は武田信玄公に捧げているとでも言いたそうだ。なるほど、武田家を壊滅に導いたのは織田信長だが、徳川家はつねに織田家の側にあった。徳川の御代になり、武田の末裔《まつえい》が軽んじられることはなかったものの、根っ子にある恨みが消えたわけではない。

それゆえか、家慶に目見得する栄誉に与《あずか》ったところで嬉しくもなんともないかのように、与力たちは憮然《ぶぜん》とした顔で押し黙っている。

こいつは想像以上に手強《てごわ》いなと、蔵人介も感じた。

なかでも、重さ百貫目はありそうな巨漢与力が鍵を握っている。

「あやつだな」

筆頭与力の韮崎小平太《にらさきこへいた》にまちがいない。

公人朝夕人の土田伝右衛門も「韮崎を落とせば、事は楽に進みましょう」と助言していった。その伝右衛門は今、恵林寺にいる。猿彦ともども、ふたりで本物の家慶を守っているはずだ。

橘にも勘どころはわかっている。

「上様が甲府へお運びになったのには理由がある。永川と権田、おぬしらにはそれが何かわかるか」

「えっ」

「わからぬようじゃな」

日光での出来事も、今関八州全域で起こりつつある一大事も、外界と隔絶されたこの地には伝わっていないらしい。

「甲府は江戸から三十五里二十五丁、小仏《こぼとけ》と笹子《ささご》の峻険《しゅんけん》な峠を越えねばたどりつけぬ。盆地で土地は狭く、寒暖の差が激しいうえに、夜盗《やとう》や博徒《ばくと》が幅を利かせておる。近在の村々には武田の遺臣と名乗る野武士《のぶせり》たちも出没し、そうした輩《やから》への目配りだけでも気が抜けぬ日々であろう。されどな、こたびばかりは日常の役目を顧《かえり》みている余裕なぞない。これより数日、上様は甲府城に籠城なされる」

「げげっ、籠城とは何事にござります」

永川と権田が揃って、間抜け顔を持ちあげる。

橘はふたりを無視し、背後に座る韮崎を睨みつけた。

「おぬしらの力が必要じゃ。勤番士全員一丸となって、命懸けで上様をお守りしてほしい。無論、褒美は意のままじゃ。そこにおる支配たちの地位に就きたければ、そう申せばよい。出世を望まぬのならば、ほかに欲しいものを言え。組頭であろうと、雑兵であろうと、手柄次第で望みは意のままじゃ」

老骨から放たれる気迫が、与力たちの心を動かした。

「恐れながら」

韮崎が巨体を揺すって発言を求める。

「城に攻めくる敵の素姓をお教えくだされませ」

「まだわからぬ。下野上野と武蔵にある諸藩のうち、何藩が敵方にまわるか」

「お待ちくだされ。それらはほとんど、徳川家譜代の諸侯にござりましょう。まさか、幕府の転覆《てんぷく》をもくろむ謀反《むほん》が起こっているとでも」

「上様の御前なるぞ、滅多なことを申すでない。されど、韮崎よ、おぬしが言ったとおりじゃ。これは謀反よ。ただしな、幕府の転覆をもくろむものではない。敵は上様の御首級が欲しいのじゃ。阿呆な大名どもが狐狸《こり》に憑《つ》かれたかのごとく、われもわれもと甲府へ参集し、悪夢のような仕打ちを為《な》さんとしておるのじゃ」

「信じられませぬ。いったい、誰が諸侯にそのような理不尽《りふじん》な命を下しておるのでござりましょう」

「それは聞くな。ともあれ、数日のうちに敵の軍勢は甲府に攻めよせてこよう。これを果敢《かかん》に阻み、援軍を待つのじゃ」

韮崎は床に片手をつき、橘を睨みかえす。

「恐れながら、援軍とは」

「古河より、水野越前守さまの軍勢がやってくる」

「ご老中の」

「さよう」

「それは、まことにござりましょうな」

鋭い眼光で射抜かれても、橘はぐっと踏みとどまった。

「まことじゃ、嘘は言わぬ。おそらく、今日より五日。籠城に耐えることができれば、光明《こうみよう》を見出せよう」

ふたりのやりとりは、緊迫の度合いを増していく。

口をあんぐりと開けて見守る勤番支配のふたりは、文字どおり、蚊帳《かや》の外へ置かれていた。

橘は瞳に炎を燃やす。

「韮崎よ、できるか」

大広間は、しんと静まった。

蔵人介には自分の鼓動が聞こえている。

突如、上座の佐平がゆらりと立ちあがった。

一同が注目する。

「韮崎よ、頼む」

佐平は仁王立ちのまま、頭を下げてみせた。

一瞬、何が起こったのか、蔵人介にはわからなかった。

佐平が紛うことなき将軍にみえ、腹の底から得も言われぬ感動が迫りあがってくる。

「……う、上様」

橘は滂沱《ぼうだ》と涙を流していた。

韮崎も涙ぐみ、与力たちも肩を震わせている。

人の心を動かすのに、さほどの時は要らない。

一瞬にして通じることもあるのだ。

韮崎たちは死に場所を得た強者《つわもの》にでもなった気分であろう。

無論、この昂揚《こうよう》がどこまでつづくかはわからない。

少なくとも、戦端が切っておとされるまでは消えずにいてほしかった。

「さて、仕度に取りかかろう」

感傷に浸っている余裕はない。

戦いの矢面に立つ指揮官たちの心を射止めたら、つぎは籠城の仕度に取りかからねばならぬ。

この甲府には、蔵人介にとって心強い味方がいた。

六

甲府城に天守《てんしゅ》はない。

今から二百五十年近くまえ、浅野長政《あさのながまさ》と幸長《よしなが》父子が天守のない城を完成させた。徳川の御代になってからは、家康の九男である義直《よしなお》、秀忠の次男で兄の家光に誅された忠長《ただなが》、家光の三男である綱重《つなしげ》、綱重嫡男《ちゃくなん》の綱豊《つなとよ》と、親藩《しんぱん》の大名が城主になった。

それだけ重要視されたのは、将軍の拠《よ》るべき第二の城に位置付けられていたからだ。万が一、敵に江戸城を落とされたとき、将軍は甲州街道をたどって甲府城にて再起をはかることとされた。

ところが、平和が長引くにつれて、次第に軍略上の役割も課されなくなってくる。第五代将軍綱吉の御代には側用人《そばようにん》として重用された柳沢吉保《やなぎさわよしやす》が城主となり、吉保の嫡男が転封《てんぽう》されて以降は、甲斐一国が幕領となった。甲府勤番が設置されたのは、んでいた。


そのときからだ。

蔵人介は旅の疲れを癒《いや》す暇も惜しみ、南の追手門から出て、武家地に向かった。

甲府城下は大まかに言うと三つの濠で囲まれており、本丸などの内城は内濠、勤番士たちの住む武家地は二ノ濠、町人地は三ノ濠の内にある。

武家地は内城の北側を山手、南側を追手と呼び、勤番士が百人ずつに分かれて住んでいた。

勤番士たちは毎朝内濠を越え、南北ふたつの門を潜って城へ通い、門番や城米の管理や武具の整備などをする。なかには城外へおもむく者たちもおり、街道の普請を指導したり、村々の訴訟事を裁いたりもした。

内城や武家地には年貢米を蓄えておく米蔵や薬草園があり、馬場や花畑も点在している。追手門前にある徽典館《きてんかん》という学問所は、江戸にある昌平坂《しょうへいざか》学問所の分校だった。

蔵人介がやってきたのは、徽典館のそばにある剣術道場である。

公人朝夕人の伝右衛門が所在を教えてくれたので、迷うことはなかった。

冠木門には「甲源一刀流　岩間道場」とある。

にょほほんとした懐かしい顔が、石楠花《しゃくなげ》の咲く庭のまんなかで待っていた。

岩間忠兵衛《いわまちゆうべえ》である。

かたわらには石楠花よりも可憐《かれん》に成長した娘が佇み、恥じらうように会釈《えしやく》を送ってくれた。

「やあ、濃《のう》どのか。すっかり娘らしゅうなったな」

濃に淡い恋情を寄せている鐵太郎にも会わせてやりたかった。

岩間は眸子を輝かせて近づき、差しだした両手を握りしめてくる。

「まことに懐かしゅうござる。まさか、こんなかたちで矢背さまと再会できるとは、夢にもおもいませせなんだ」

「それはこっちの台詞よ。ところで、公人朝夕人からはなしはお聞きになられたか」

「まさに、寝耳に水のはなしにござりました。公方さまのお命が危ういなどと、今もって信じられませせぬが、こうして矢背さまのお顔を拝見すると、信じざるを得ぬ気になってまいります」

蔵人介は苦笑した。

「そんなに険しい顔をしておろうか」

「冷静沈着な鬼役の顔ではありませせぬな。鬼役から役を取った鬼の顔、とでも申しましょうか。ぬはは、つまらぬ冗談にござる。さあ、道場へどうぞ。会っていただきたい者らも呼んでござりますれば」

道場のなかでは、これもまた懐かしい面々が両手をひろげて出迎えてくれた。

「矢背さま、その節はたいへんお世話になり申した」

恐縮してみせるのは、忠兵衛の義父曽根房五郎《そねふさごろう》だ。

房五郎は甲斐国で信望の厚い金山衆の元締めで、このたびの籠城戦でも重要な役割を果たしてもらわねばならぬ相手だった。

さらに、控えめだが、眸子を爛々《らんらん》と輝かせた若侍がいる。

「矢背さま、おぼえておいででしょうか」

「あたりまえだ。高橋大吉《たかはしだいきち》であろう」

宗次郎の幼馴染みで、唯一、気のおけない相手だということは知っている。それ以上に、蔵人介は大吉の人並み外れた算勘の才に期待を掛けていた。なにせ、大吉は普請の人数や費用をたちどころに算出することができる。籠城戦にはそうした人材が喉から手が出るほど欲しいのだ。

「甲州への山流しを命じられ、嬉しそうに内藤新宿から旅立った者は、おぬしくらいしか知らぬ。徽典館で算勘を教えておるそうだな」

「はい」

「城の絵図面を引いておるとも聞いたぞ」

「それは手慰《てなぐさ》みにござります」

「いいや、宗次郎は城造りがおぬしの夢だと羨ましそうに言うておった。こたびの籠城戦には、おぬしの描く絵図面が役に立ってくれるやもしれぬ。どうだ、やる気が湧《わ》いてきたか」

かたわらから、房五郎が口を挟む。

「やる気どころか、高橋さまは一昨日から寝る間も惜しんでお城の絵図面を引いておられます。一刻も早く矢背さまにおみせしたいと、さきほどまで手ぐすねを引いておられたのでござりますよ」

「ふはは、頼もしいな。さすればさっそく、みせてもらおうか」

「はい、ただいま」

大吉は奥の部屋から、半帖ぶんに貼りつけた紙を何枚か携えてきた。

「こちらが、今の甲府城にござりまする」

「ふむ」

「一見したところ、大きめの平山城《ひらやま》にござりますが、じっくり調べてみますと、巧みな仕掛けが随所にほどこされておりました。まず、注目すべきは濠の深さにござります。攻め手の正面にあたる東から南にかけての濠はことに深く、三丈三尺は優にござりました」

これは大坂の陣で濠を埋められるまえの大坂城に匹敵する深さで、通常の城の倍を超えているという。

「一部は水を抜いてわざと空濠にしておいたほうが、攻めにくいかもしれませぬ」

「なるほど」

「さらに目を向けるべきは、城壁の大狭間《おおさま》にござりまする。数寄屋曲輪《すきやくるわ》、鍛冶《かじ》曲輪、楽屋《がくや》曲輪、清水《しみず》曲輪、稲荷《いなり》曲輪といった曲輪はいずれも高い城壁に囲まれており、筒口が長筒《ながつつ》より三倍も大きい大狭間筒を装着できます。武具奉行さまにお尋ね申しあげたところ、何と煙硝蔵《えんしょうぐら》に大狭間筒が五十挺《ちょう》もござりました。おそらく、これが大いなる威力を発揮してくれましょう」

嬉々《きき》として喋る大吉は図面師ではなく、何やら、軍師の風貌《ふうぼう》を帯びてきた。

「そして、朱で筋を引いたこれらの箇所にご注目いただきたい」

朱筋は内城の随所へ縦横無尽《じゅうおうむじん》に伸びている。

「仕寄道《しよりみち》にござります」

敵を迎え撃つ拠点にもなり、連絡路にもなる。塹壕《ざんごう》のことだ。

「この仕寄道が何本か暗渠《あんきょ》に通じておりましてな、濠の狭間に掘られた横穴を通じて石垣の外へ出られます。崩落している箇所もござりますが、金山衆に頼んで手直しすれば使えるようになりましょう」

「なるほど」

ほかにもさまざまな工夫を凝らせば、敵をたじろがせる罠を仕掛けることはできるという。

「新たな城を築くわけにはまいりませぬが、敵を誘いこんで叩く張り子の城ならば、三日で築くことができましょう」

「おもしろい。張り子の城か」

蔵人介が感心すると、忠兵衛が笑った。

「筆頭与力の韮崎小平太は籠絡《ろうらく》できましたか」

「ふむ、どうにかな」

「ならばけっこう。勤番士には拙者の門弟も多ござってな、いずれも気性の荒い連中だが、腕の立つ者ばかりでござる。性根も据わっておるし、統率する者さえしっかりしておれば、存分なはたらきをいたしましょう」

「無論、拙者もまいります。この泰平《たいへい》の世で、将軍をお守りして死に花を咲かせることができようとは。侍にとって、これ以上の栄誉はござりますまい。ぬはは」

「それは心強い」

父の大笑を、娘の濃は厳しい顔で聞いている。

蔵人介は胸が苦しくなってきた。

平穏に暮らす者たちを厄介事に巻きこむ責めを感じている。

しかも、忠兵衛たちが命懸けで守ろうとしている男は、家慶の影武者なのだ。

申し訳ないとはおもいつつも、それだけは口が裂けても言うまいと、蔵人介は固く心に決めていた。

七

頭上には月が煌々《こうこう》と輝いている。

いったい、どれほど山中をさまよったであろうか。

宗次郎は例幣使の山井氏綱とふたりで、熊笹《くまざさ》の生い茂る山道を歩いていた。

――うおおん。

恐ろしげな山狗の咆吼《ほうこう》に、氏綱は頭を抱えて蹲る。

純白だった着物は黒く汚れ、瓜実顔には無精髭《ぶしょうひげ》も生えていた。

小山城趾から命からがら逃げたのは、二十日の朝のことだ。あれから、三日目の夜を迎えている。熊に襲われたこともあったし、竹槍を抱えた落ち武者狩りと出会《でくわ》したこともあった。都でのんびりと暮らしていた貧乏公家が、よくぞここまで生きのびたものだと感心する。

「人というものは、そう簡単には死ねない」

口癖のように、松岡九郎左衛門は言っていた。

「槍の九郎よ」

生きていてほしいと、宗次郎は胸に祈りつづけた。

氏綱は眉尻をさげ、情けない顔をする。

「宗次郎、腹が減ったな」

ふたりはすっかり打ちとけあい、おたがいの名を呼び捨てにしていた。

「糒《ほしい》だけでは身が保たぬ」

「贅沢《ぜいたく》を言うな」

じゅるっと、氏綱が涎《よだれ》を啜《すす》った。

「宗次郎、おぬしは今、何が食いたい。わしはな、とっておきのものを頭に浮かべておった」

「鰻《うなぎ》か」

「外れじゃ」

「ならば、鰹《かつお》か」

「そういえば、初鰹を食うておらなんだわ。初物《はつもの》と申せば、茄子《なす》の糠漬《ぬかづ》けをかりっと齧《かじ》り、湯気の立った白米をかっこみたいものよ。されどな、わしが頭に浮かべたものは鰹でも茄子でもないぞ」

「教えてくれ。とっときの食べ物とは何だ」

「ふふ、彦根《ひこね》の牛じゃ。味噌漬けにした献上《けんじょう》肉よ。こうしてな、肉汁《にくじる》の滴《したた》るのを眺めながら、しばし待つ」

氏綱は、分厚い牛の肉を網で炙《あぶ》って食べる仕種をする。

みているだけで、唾が溜まってきた。

ぐうっと、腹の虫も鳴る。

「そうであろう。くふふ、彦根の牛に勝る食べ物はあるまい」

「氏綱、生きて彦根の牛を食らおうぞ」

「おう」

ふたりは少しだけ元気を取りもどし、山道をまた歩きはじめた。

――がさっ。

両脇の熊笹が揺れ、何者かの気配が立った。

「ひぇっ」

氏綱が腰を抜かす。

のっそりあらわれたのは、鉄の鉢巻や胴丸《どうまる》を着けた野武士どもだ。

「松明《たいまつ》を点《つ》けろ」

五分月代《ごぶさかやき》の男が吼《ほ》えた。

ぼっ、ぼっと、松明が点火される。

いずれも上半身裸の男たちが五人いた。

「ふうん、人が歩いておるとはな。おぬしら、どこから来た」

「小山だ」

宗次郎がこたえると、五分月代は驚いてみせる。

「小山と申せば、日光街道か。ここは中山道の近くじゃぞ」

「えっ、そうなのか」

「忍城はすぐそこよ。ただし、おぬしらはたどりつけぬ。ここで身ぐるみ剝がされ、屍骸を晒《さら》すのじゃからな」

「ひぇっ、ご勘弁を」

氏綱が土下座し、懐中から金幣を取りだす。

「これを差しあげまする。大権現さまの金幣ゆえ、忍藩へお持ちになれば十両にはなりましょう」

「ふん、笑わせるな。さようなぴらぴらが十両になるじゃと」

「さよう。身は日光例幣使の山井氏綱でおじゃる。野武士どの、けっして嘘は申しませぬ」

「おい、おまえら、あいつが例幣使だとよ。くく、ずいぶん小汚ねえ例幣使さまじゃねえか。おれはまた、月待ちの願人《がんにん》坊主かとおもったぜ」

「祈ることばもござりませぬ」

項垂《うなだ》れた氏綱に向かって、野武士のひとりが手を伸ばす。

宗次郎は瞬時に刀を抜きはなち、野武士の腕を斬りおとした。

「うおっ」

残った四人が後ろに跳ねとぶ。

「あやつ、抜きおったぞ」

「くそっ、抜かったわ」

「莫迦たれ、駄洒落《だじゃれ》を吐くな」

四人は抜刀し、宗次郎と氏綱を取りかこむ。

「気をつけたほうがよい。わしはこうみえても、甲源一刀流の免許皆伝よ。やりあえば怪我をするぞ」

「そいつはどうかな」

背後から、別の気配がのっそりあらわれた。

禿頭《とくとう》の大男だ。

刃長四尺はあろうかという斬馬刀《ざんばとう》を握っている。

「ほりゃ」

大男が斬馬刀を振りまわすと、手下どもの持つ松明の火が消えた。

「ぬへへ、親方のお出ましだぜ」

どうみても、一撃で仕留めるのは難しそうだ。

さすがの宗次郎も死を覚悟した。

と、そのとき。

親方と呼ばれた大男の背後に、人影がひとつ迫った。

――どすっ。

大男の分厚い胸板を貫き、素槍の穂先が顔を出す。

「ぬげっ」

禿頭の男は心ノ臓を後ろから一撃で貫かれ、前のめりに倒れていった。

「……ま、まさか」

宗次郎の顔に、ぱっと赤味が射した。

月影を浴びて立っているのは、松岡九郎左衛門にほかならない。

「槍の九郎どの、生きておられたのか」

「ああ、地獄から蘇ってきたのさ」

気づいてみれば、野武士たちは消えていた。

九郎左衛門は仕留めた男から素槍を引きぬき、穂先の血を拭って肩に担ぐ。

「さあ、まいろう。中山道は目と鼻のさきだ」

三人で肩を並べ、山道から逃れでた。

――ざっ、ざっ、ざっ。

武具を纏った者たちの跫音が聞こえてくる。

「ん、何じゃ」

闇を透かしみると、夥《おびただ》しい数の雑兵が往来を行軍してきた。

「赤備えじゃ。井伊掃部頭さまの軍勢ぞ」

氏綱が目を輝かす。

「宗次郎よ、彦根の牛が食えるかもしれぬ」

「まことじゃ。いったい、どこへ向かうのじゃろう」

中山道の宿場で忍藩の領内と言えば、熊谷しかない。

井伊家の軍勢は熊谷から秩父街道を経て、甲府へ向かう途中だった。

宗次郎たちには、軍勢の行き先も目途もわからない。

敵か味方かも判然としないものの、とりあえずは、しんがりから従《つ》いていくことに決めた。

八

五日後、卯月二十八日。

甲府城に入城して、五度目の朝を迎えた。

敵軍も援軍もまだ来ない。

広大な盆地一帯が乳色の靄に沈んでいる。

――ひひん。

遠くに馬の嘶《いなな》きが聞こえた。

それも一頭や二頭ではない。

蹄の音とともに、甲冑武者の草摺《くさず》りも聞こえてくる。

あきらかに、軍勢が近づいていた。

持ち場についた城兵たちは固唾を呑んでいる。

「靄が晴れるまで、無駄弾を放つでないぞ」

本丸天守跡に築かれた物見櫓《ものみやぐら》に立ち、何と、佐平が叫んでいた。

影武者のことばを聞いた伝令《でんれい》が梯子《はしご》を下り、持ち場の勤番士たちに伝えていく。

敵と正面で対峙する数寄屋曲輪や鍛冶曲輪の鉄砲狭間には、異様に筒口の大きな長筒が居並んでいた。

「あれの威力は凄まじく、十人まとめて吹き飛ばすこともできましょう」

佐平の両脇で自慢げな顔をするのは、永川と権田の勤番支配たちだ。

「おぬしらは邪魔だ。二ノ丸に引っこんでおれ」

佐平に一喝され、ふたりはすごすご引きさがる。

盆地を一望《いちぼう》できる物見櫓には、橘右近と蔵人介、勤番士を束ねる筆頭与力の韮崎小平太、それから、城にさまざまな罠を仕掛けた軍師役の高橋大吉もおり、それだけの人数が揃っても、ゆとりがあるほどの広さは確保されていた。

急ごしらえの物見櫓を建てたのは、曽根房五郎に率いられた金山衆だ。

金山衆はぜんぶで五百人を超えていた。それだけの人数でも足りないほどだが、この四日間、穴を掘ったり、櫓を建てたり、さまざまな箇所に罠を仕掛けたりと、寝る間も惜しんで普請に取りかかってくれた。

「今も鉄門《くろがねもん》と銅門《あかがねもん》に仕掛けを施してござります」

「高橋とやら、門の仕掛けとは何じゃ」

影武者を公方と信じる大吉は、胸を張ってこたえた。

「落とし穴にござります」

「ほう、落とし穴か」

「巧みにつくってござりまして、十人以上の人が乗らねば崩れませぬ。つまり、少人数の味方が通っても崩れず、大人数の敵が通ったときだけ崩れます。あるいは、敵の先頭が渡った直後に崩れ、後続との分断をはかりまする」

「そのような落とし穴が、城の随所につくってございます」

穴の底には削《そ》ぎ竹《だけ》をびっしり並べ、落ちた敵を串刺しにする仕掛けになっている。

「ふうむ、なるほど」

「上様、各々の曲輪に建つ櫓にも仕掛けがございます」

「それは何じゃ」

「櫓崩しにございます。この物見櫓も、木杭を一本抜けばたちまちに崩れる仕掛けになってございまする」

「えっ」

「ご安心めされ。木杭は抜こうとせねば、けっして抜けませせぬ」

「ふうん」

「ほかにも、さまざまな罠や仕掛けを施しましたが、何よりも肝心なのは仕寄道から暗渠を抜けて外へ逃れる道筋にござりましょう。たとえば、稲荷曲輪から花畑に抜ける隧道は馬も通ることができまする」

騎馬の一隊を隠密裡に送りこみ、敵の背後から虚《きょ》を衝《つ》く戦術を講じることもできる。

張り子は城だけではない。城兵ひとりひとりには、等身大の藁人形《わらにんぎょう》が二体ずつ渡されていた。

「天秤棒で担ぐことができ、楽に移動させることもできまする」

味方の数を三倍にみせる工夫だった。姑息《こそく》にみえて意外にも役に立つ。なにせ、二百人の城兵が六百人にみえるのだ。しかも、藁人形は金山衆のぶんもつくってあるので、七百人が二千人を超えた数に化ける。やらないよりはいい。城も張り子なら、城兵たちも張り子なのだ。

「高橋とやら、おぬしのはなしを聞いておると、半月程度は籠城できそうな気になってくるのう」

「おそらく、そうはまいりますまい。五倍の兵力で車懸《くるまが》かりに攻めたてられたら、防ぎようもござりませぬ」

「いよいよのときは、どういたす」

大吉はふっと口を噤み、詰めた息を吐きだした。

「いかがした」

「お許しいただければ、禁じ手を使うこともできまする」

「禁じ手じゃと」

「はい。敵を張り子の城へ深く誘いこみ、城ごと沈めてしまいます」

「おいおい、沈めるじゃと。いったい、どうやって」

「笛吹川と荒川の堰を切り、一気に水を入れまする」

「……そ、そんなことができるのか」

「おそらく、同じようなことを考えた御仁がおられたのでござりましょう。縄張りを隈無く調べてそれとわかりました。この城には一気に大量の水を呼びこむ巨大な樋《とい》が掘られてござりまする」

「何と」

大吉は大法螺《おおぼら》としかおもえぬようなはなしを、真顔で淡々と佐平に説いた。

「おうい、靄が晴れるぞ」

城兵たちが下で叫んでいる。

芝居の幕が開くように、靄は晴れた。

「おっ」

蔵人介の口から、驚きの声が漏れる。

黒雲と見紛うばかりの軍勢が霊峰富士《れいほうふじ》を背に抱え、三ノ濠の外にひしめいていた。

真正面には黒光りする甲冑を纏った騎馬軍団が勢揃いし、鉄砲足軽や槍足軽が前面に配されている。

旗幟はあげておらぬものの、敵意を漲《みなぎ》らせているのはわかる。

あきらかに、敵軍であった。

中核となる軍勢の正体は判然としない。

忍藩の兵なのか、川越藩の兵なのか、それとも、金で雇われただけの者たちなのか。

はっきりとはしないが、大御所家斉のお墨付きを得て、謀反を鎮めるという大義名分のもとに結集した者たちであることはあきらかだ。

数は二万と、蔵人介は読んだ。

「百倍か」

「悪夢じゃ」

と、佐平が漏らす。

まさに、悪夢としか言いようがない。

百倍の大軍を面前にして、味方の士気を保つのは並大抵《なみたいてい》のことではなかろう。

さらに、士気を挫《くじ》くようなことが起こった。

騎馬軍団のまんなかに、総白の幟《のぼり》が立ちあがったのだ。

「あれは何じゃ」

うろたえる佐平には目もくれず、橘が声を震わせる。

「あれは、大権現家康公の本陣旗」

「何じゃと」

総白の幟だけではない。

白地に三葉葵の幟、同じく白地に「厭離穢土欣求浄土《おんりえどごんぐじようど》」と綴られた大旗など、家康の本陣であることをしめす旗幟が、つぎつぎに立ちあがってくる。

「あそこに、大権現さまがおわすのか」

そんなはずはない。

あれも大御所家斉が授けた策のひとつだろう。

甲府城を落とすことが、あたかも徳川幕府の意志ででもあるかのようにみせるための姑息な一手にすぎない。

だが、城兵たちの動揺は波のようにひろがっていく。

関ヶ原や大坂の陣にも使われた伝説の旗幟が、蒼天に聳える富士山を背に翩翻《へんぽん》とはためいているのだ。

「怯むな。あれはまやかしじゃ」

城兵を鼓舞《こぶ》するのは、佐平であった。

一介の百姓にすぎぬ男が、勤番士二百名の士気を鼓舞しようとしている。

「上様、あっぱれにござります」

橘が頬を涙で濡らしながら褒めた。

しんと静まった合戦場に、敵将の号令が響きわたる。

「ひらけぃ……っ」

敵軍は中央から鶴翼《かくよく》にひらき、城下の外郭を一斉に取りかこみはじめた。

三ノ濠内の町人地にも、二ノ濠内の武家地にも人影はなく、ひとり残らず近在の村へ逃げのびている。

おそらく、敵軍は濠を難なく渡り、町人地と武家地に火を放つであろう。

無人の焼け野原に黒い煙が何本も立ちのぼる風景を想像し、蔵人介は顔を曇らせた。

だが、余計なことを考えている暇はない。

すでに、城を枕にした戦いは始まっている。

九

同夜、本丸内。

町人地も武家地も焼け野原となった。

二万の敵は内郭を取りかこんだまま、いまだ、攻めよせてはこない。

「明朝を待って、一気呵成《いっきかせい》に攻めよせてくる気じゃな」

本丸の大広間にあって、橘右近は憤然と吐きすてる。

佐平を上座においた軍議の席には、蔵人介と大吉、韮崎小平太にくわえて、金山衆を率いる曽根房五郎と抜刀隊を編成した岩間忠兵衛の顔もある。永川と権田の両支配も飾りのように座っているものの、終始、蚊帳の外におかれていた。

橘が猿のような皺顔をかたむけた。

「韮崎よ、城兵の士気はどうじゃ」

「すこぶる低うございます」

「さようか。まあ、詮方あるまい。明朝が勝負になろうから、腹だけは満たしてやるがよい」

「大鍋を各曲輪に持ちこみ、炊きだしをおこなっておりまする」

「鍋の中味は何じゃ」

「味噌汁のなかに、芋《いも》や牛蒡《ごぼう》や人参《にんじん》などをどっさり入れ、雉子《きじ》の肉をぶちこみ、じっくり煮込みましてござる。そちらの鬼役どのに味付けのほうをみていただきましたところ、味噌の量が足りぬと仰せになり、倍に増やしました。すると、ほっぺたが落ちそうなほど美味い汁ができあがりましてな。雉子の肉を入れよと仰せになったのも、じつは鬼役どのにござります」

「それはいい。あとでわしも頂戴するとしよう」

橘は窮地であるにもかかわらず、すこぶる機嫌が良い。

それには理由がある。

半刻ほどまえ、夕闇に紛れて敵中を突破してきた者があった。

公人朝夕人、土田伝右衛門である。

恵林寺から、家慶の親書を携えてきた。

——先祖伝来の甲冑を身に纏い、すぐにでも馳せ参じたいところだが、今はこの恵林寺で隠忍自重《いんにんじちょう》するしかない。ただし、家慶の心は甲府城とともにあるゆえ、存分に戦ってほしい。こたびの難事さえ切りぬければ、みなの者に幸運が訪れよう。そのときが来ることを信じている。


おおまかには、そうした内容だ。

存念を表に出さない家慶が、赤裸々《せきらら》に本音を綴っていた。

橘は感激のあまり、ひと目もはばからずに泣きじゃくった。

が、伝右衛門は家慶の親書以上に、重要なはなしをもたらした。

「敵将は、赤星廉也にござります」

それを聞いたときは、蔵人介も耳を疑った。

常識で考えれば、西ノ丸の御広敷支配ごときに二万の軍勢を託すはずはない。

「いいえ、赤星は大御所さまから城持ち大名と同格の地位を与えられ、密かに『所領地勝手切りとり次第』のお墨付きも得ているとか」

すなわち、甲府城主の地位も約束されているというのだ。

ただし、赤星の率いる騎馬軍団は出生も定かでない野武士《のぶせり》どもの集まりにすぎず、鉄砲足軽たちも金で雇われた者たちであった。槍足軽も山賊や博徒らに甲冑を着せた寄せあつめにすぎず、指揮官への忠誠心などは欠片《かけら》もない。

それら敵軍の中核を成す者たちは数にして一千に満たず、残りの兵たちは武蔵や下野上野にある中小藩の藩士たちで、数合わせのために呼びよせられたものらしかった。藩士たちは合戦馴れしていないうえに士気も低く、中核となる赤星の軍団さえ叩けば、総崩れになることも充分に考えられる。

伝右衛門はそうした報告をおこない、ふたたび、恵林寺へ戻っていった。

「あやつこそ、剛の者よ」

橘が万倍の勇気を得たのは言うまでもない。

だが、いざ戦いの火蓋《ひぶた》が切られれば、士気がどうのと言っている余裕はなくなるであろう。

生きるか死ぬかの瀬戸際で、悠長《ゆうちょう》なことは言っていられない。

敵に背中をみせれば、即座に死が待っている。

野武士であろうが、山賊であろうが、必死になって戦うしかない。

相手を斬ることにためらいがあれば、おのれが死ぬしかないのだ。

そのことを胆に銘じておかねば、合戦にのぞんでも邪魔になるだけのはなしだった。

韮崎にも忠兵衛にも、房五郎や大吉にも、そのことはわかっている。

橘のように浮かれてはいない。昂揚《こうよう》してもいない。

懸念すべきは、援軍が来る気配もないことだった。

忠邦率いる援軍さえ間にあってくれれば、敵軍に列する中小の大名たちも目を醒ましてくれるだろう。

さまざまな思惑を包みこむように、闇は深まっていった。

嵐のまえの静けさとは、これほどまでに深閑《しんかん》としたものなのか。

床に就いても寝つけぬまま、蔵人介は日の出を迎えたのである。

十

卯月二十九日、寅《とら》ノ上刻。

夜明けとともに、地鳴りのような喊声《かんせい》が騰《あ》がった。

――どどどど。

陣馬《じんば》の嘶きと蹄の音と甲冑武者の雄叫びが錯綜《さくそう》し、耳朶《じだ》を潰さんとするほどの勢いで迫ってくる。

「怯むな。敵はまだ内濠を渡ってもおらぬぞ」

蔵人介は大吉とともに、鍛冶曲輪の櫓に陣取っていた。
赤星軍団の中核を真正面から迎え討つ場所だ。
塵芥《じんかい》が濛々《もうもう》と巻きあがり、視野を阻んでいる。
――ひゅん、ひゅん。
鉛弾も飛んできた。
だが、城兵たちに反撃の命令は下されていない。
勝手に撃った者は斬るとまで言われている。
眼下には巨大な空濠があった。
わざわざ、そこだけ水を抜き、敵を誘いこむ罠を仕掛けたのだ。
濠の内壁に立ち、韮崎小平太が吼えている。
「引きつけよ。まだまだじゃ」
鉄砲狭間には、ひとりでは抱えることも困難な長筒が何挺も据えてある。
撃ち手の勤番士たちは微動だにもせず、その瞬間を待ちつづけていた。
「ぬわああ」
騎馬武者の一団が突出し、空濠へ迫ってくる。
だが、さすがに直立した壁を駆けおりることはできない。

馬は濠の縁で竿立ちになり、転げおちる者も大勢あった。

「それ、放て」

韮崎の号令一下、長筒の口が火焔を噴いた。

——どん、どん。

筒音が腹に響き、弾丸は雨霰《あめあられ》と降りそそぐ。

命中した鉛弾は、人馬の五体を八つ裂きにするほどの威力を秘めていた。

騎馬武者の一団は尻尾を丸めて引きあげ、こんどは無数の雑兵どもが土嚢《どのう》を引きずってくる。

「放て、放て」

城兵の放つ筒が火を噴くたびに、雑兵たちは吹っ飛んでいった。

「ひょえ、逃げろ」

大勢の者が土嚢を捨て、命からがら逃げていく。

逃げようとしたさきには、赤星の抜刀隊が待ちかまえていた。

「逃げる者は斬る。戻れ、戻るのじゃ」

鬼の抜刀隊に威《おど》しつけられ、雑兵どもはまた戻ってくる。

そして、つぎつぎに鉛弾の餌食《えじき》になっていった。

空濠を挟んだ戦いはしばらくつづき、敵は大勢の兵を減らした。

が、それすらも戦いの一部でしかない。

ほかの箇所では、敵兵たちが舟を使って濠を渡っていた。

これを鉄砲狭間から狙い撃ちにしても、つぎからつぎに新手を繰りだしてくる。

濠の幅は広く、かなりの深さがあった。

しかも、途中から舟では進めない細工が施されている。

削ぎ竹の柵を水中に沈めておいたのだ。

まさに、長大な剣山《けんざん》であった。

舟を使った敵兵は立ち往生《おうじょう》を余儀なくされ、対岸の壁面に取りつくことができない。

また、敵にとっての計算ちがいと言えば、南の追手門、北の山手門、西の柳門《やなぎもん》ともに門の枠しか残されていなかったことだ。勇《いさ》んで突破しても、内城へ通じる石橋が途中で崩落しており、進むことができぬようになっている。

これは城外との通路をみずから遮断《しゃだん》することで、堅固《けんご》な籠城の決意をしらしめたものだった。

敵の士気を挫こうとする戦法だが、外への抜け道はいくつか用意されている。

中天《ちゅうてん》に高々と陽が昇りかけたころまで、濠を挟んだ揉みあいはつづいた。

少数の味方が何倍もの敵を圧倒している戦況は、大吉に言わせれば「勘定のうち」らしかった。

懸念すべきは、敵軍の後方に控える諸藩のなかに大筒の備えがあることだ。

こちらにも大筒はあるにはある。ただ、砲弾の蓄えが足りず、闇雲《やみくも》に撃つことはできなかった。業《ごう》を煮やした敵が大筒を据えて撃ちこんできたら、こちらの犠牲が増えることを覚悟しなければならない。

「せめて、今日中に援軍が来てくれれば」

大吉の願いは、城兵みんなの願いでもあった。

優位な戦いがいつまでもつづくとはかぎらぬ。

午後になっても、援軍到来の報はなかった。

屍骸が折りかさなる濠の遥か向こうに、いよいよ、諸藩の大筒が並べられた。

「あそこからですと、本丸は狙えませせぬ」

しかし、鉄砲狭間の並ぶ濠の内壁を狙うことはできる。

なぜ、最初からそうしなかったのか、理由はわからぬ。

おそらく、諸藩のほうで二の足を踏んでいたのだろう。

あるいは、赤星が舐めてかかっていたのかもしれない。相手は忠心の薄い素行不良の勤番士どもだ。数で圧倒してやれば、すぐにでも白旗をあげるとでも高をくくっていたのだろう。

——ずん。

腹に響く砲声とともに、砲弾が山なりに飛来してきた。

——どどん。

壁に当たって炸裂《さくれつ》するや、鉄砲狭間の一角が崩れおちる。

「うわああ」

敵兵たちから歓声が騰がった。

砲弾はつぎつぎに撃ちこまれ、内城を守る高い壁が突きくずされていく。あるいは壁を乗りこえ、曲輪のなかで炸裂する砲弾もあった。

——ずん、どどん。

勤番士たちが宙へ吹っ飛ぶと、城内は恐怖に包まれた。

「怯むな。これが合戦《かっせん》ぞ」

蔵人介は声を嗄《か》らし、城兵たちの持ち場を駆けまわる。

筒音がおさまると、新手の雑兵たちが怒濤《どとう》となって攻めよせてきた。

「ぬおおお」

こんどは、城兵たちが大砲を撃ちはなつ。

――ずん。

爆裂音が鳴りわたり、焼け野原となった武家地や町人地に土塊《つちくれ》が巻きあがった。

濠を挟んだ一帯が混乱の渦に呑みこまれるなか、濠を渡ろうとする敵兵たちの数は徐々に増えていく。追手門の東に位置する楽屋曲輪では、白兵戦《はくへいせん》による壁際の攻防がはじまった。

しかし、城兵たちは粘り強く持ちこたえ、どうにか敵の侵入を阻んだ。

「もうすぐ、夜が来る」

大吉がつぶやいた。

援軍はまだ来そうにない。

闇がどちらの味方をするのかは、蔵人介にも予想できなかった。

十一

蔵人介は逞《たくま》しい鹿毛に乗り、闇の隧道を通りぬけた。

金山衆が濠の狭間に築いた道を抜けると、忍冬《すいかずら》の甘い香りが漂ってくる。

「花畑だ」

白い布のような花を咲かせているのは、気の早い烏瓜《からすうり》であろうか。

ほんとうならば、夏の終わりに咲く花だ。夜のあいだじゅう咲き、明け方には萎《しぼ》んでしまう。

花のそばには、岩間忠兵衛に率いられた抜刀隊が揃っていた。

数は五十人ほどだ。

「それがしが選んだ剛の者たちにござる」

忠兵衛が胸を張るとおり、いずれも胆の据わった者たちだった。

これに蔵人介がくわわり、みなで馬に乗って敵の後方を攪乱《かくらん》する。

おそらく、敵も夜襲《やしゅう》を挑む腹でいよう。

先手を打って出鼻《ではな》を挫き、何とか明け方まで持ちこたえさせねばならぬ。

甲府城の命運は、たった五十人の抜刀隊が握っていると言っても過言ではない。

「みなの者、わしに命を預けてくれ」

忠兵衛のことばに、勤番士たちはうなずく。

「されば、まいろう」

五十人は馬に乗り、城の北側に通じる藪道を進んでいった。

幸運にも空は叢雲《むらくも》に覆われ、月も星ものぞむことはできない。

地の利を知る者たちにとって、闇は心強い味方だった。

迂回路《うかいろ》をたどって半刻ほど進むと、敵の背後にまわりこむことができた。

野営の灯りが点々とみえる。

人馬は一群となって、小高い丘にのぼっていった。

甲府城は小山のようにこんもりと盛りあがり、篝火の向こうに輪郭を浮かびたたせている。

「敵の目でみれば、難攻不落《なんこうふらく》の城に映っておるのかもしれぬ」

忠兵衛がうそぶいた。

ふたりだけ馬を下り、丘の先端まで歩を進める。

「矢背さま、拙者に万が一のことがあったら、濃をよろしくお頼み申します」

「莫迦なことを言うな」

「いいえ、拙者は真剣でござる。濃はご子息の鐵太郎どのを恋慕しておるようで、江戸を離れてからずっと鬱《ふさ》ぎこんでおりまする。矢背さまさえよろしければ……あ、いや、申し訳ない。かようなときに、莫迦なことを」

「忠兵衛どの、おぬしは死なぬ。余計なことは考えぬほうがよい」

「ふっ、さようでござるな」

ふたりはうなずきあい、敵の動きに目を凝らす。

松明が左右に走りだした。

伝令だ。

「動きそうだな」

「ふむ、こちらも仕度を整えよう」

ふたりは馬に戻り、鐙《あぶみ》を踏んで鞍にまたがる。

勤番士たちは騎乗しており、いつでも駆けおりる心構えはできていた。

忠兵衛とともに、馬を先頭に進めた。

眼下を眺めると、予想以上に傾斜はきつい。

もちろん、躊躇している余裕などはなかった。

日頃は温厚な忠兵衛が眸子を吊り、怒声を張りあげる。

「鵯越《ひよどりごえ》の逆落《さかお》としじゃ。わしにつづけい」

「おう」

びしっと鞭をくれるや、馬は闇の底へまっしぐらに駆けだした。

蔵人介は何度も振りおとされかけ、鹿毛の首にしがみつく。

まさしく、奈落《ならく》の底へ落ちていくかのようだ。

「ふわああ」

敵陣が肉薄してくる。

勤番士ひとりひとりが、馬上から敵の松明を奪いとった。

奪いそこねた者は馬から飛びおり、敵陣に斬りかかっていく。

「ぬおおお」

松明が宙を飛びかい、敵の陣幕《じんまく》が燃えあがった。

「夜襲じゃ、夜襲じゃ」

敵兵は予想もしていなかったのか、迎え撃つこともままならない。

右往左往しながら、てんでんばらばらに逃げだした。

「ひぇええ」

馬蹄《ばてい》がそこいらじゅうで鳴りひびき、悲鳴や怒声が聞こえている。

そばに忠兵衛はいない。

蔵人介は馬を走らせながら、敵の本陣を探した。

刃向かってくる雑兵に用はない。

混乱する敵陣を駆けまわり、奥へ奥へと馬を進めた。

「あれか」

正面に際立って大きな篝火が燃えている。

赤星廉也の座す本陣にちがいない。

「んぎゃっ」

断末魔が響いた。

槍を掲げた人影が、篝火を背に立っている。

「赤星か」

おそらく、そうであろう。

槍の穂先には、今刈ったばかりの生首が刺さっていた。

「まさか、あれは……」

忠兵衛ではあるまいか。

鼓動が早まり、額に汗が滲《にじ》んでくる。

「けえっ」

蔵人介は馬に乗ったまま突っこんだ。

赤星は槍を抛り、腰の刀を抜きはなつ。

身幅の広い剛刀だ。

「はおっ」

掛け声もろとも薙ぎあげるや、鹿毛の首が飛ばされた。

「うわっ」

蔵人介は宙に弾きとばされ、地べたに転がって跳ねおきる。

「どせいっ」

乾坤一擲《けんこんいってき》の突きが、顔面を襲った。

「くっ」

反転して躱し、抜き際の一刀を浴びせる。

「何の」

赤星は篝火よりも高く跳ねとび、剛刀の切っ先で尻を掻くほど振りかぶった。

「ねえい」

大上段から、猛然と叩きつけてくる。

蔵人介は躱す暇もなく、国次で十字に受けた。

――きいん。

火花が散る。

がくっと、片膝をついた。

白刃とともに、赤星の顔が迫ってくる。

——ぎりっ。

わずかでも力を抜けば、月代を割られるにちがいない。

蔵人介は力を込め、立ちあがって圧《お》し返す。

「ふん」

赤星は後方へ跳ねとび、右八相に構えなおした。

「うぬは何者じゃ。勤番ではあるまい」

「名乗ってやろうか。わしは矢背蔵人介だ」

「本丸の鬼役か。おぬしのことは、碩翁さまから聞いたことがある」

「やはり、碩翁と通じておったのか」

睨みつけると、赤星はぺっと唾を吐いた。

「金だけの繋がりよ」

「なるほど」

「おぬし、人を何人も斬ったそうじゃな。わしらは似た者同士かもしれぬぞ」

「そいつは御免蒙《ごめんこうむ》る。あの世に逝ってまで、悪党の顔をみとうはないからな」

「ひとつだけ聞こう。城におるのは本物の家慶か」

「自分の目で確かめたらどうだ」

「ああ、そうさせてもらう。おぬしを葬ってからな」

殺気を漲《みなぎ》らせた悪党の背中に、突如、篝火が倒れてきた。

──ごおおお。

赤星が横に跳ねとぶや、篝火は音を起《た》てて倒壊する。

四散する炎の向こうから、人馬が駆けぬけてきた。

馬上から、にゅっと腕が伸びる。

「摑まれ」

忠兵衛だ。

蔵人介は腕を搦《から》めとられ、ふわりと馬の背に乗った。

赤星は追ってこない。

逃げまどう敵兵を蹴散らし、北に向かってまわりこむ。

背後につづく者たちが次第に増え、人馬の一群は槍となって敵陣を裂いた。

「ふふ、これで夜襲はあるまい」

高らかに言いはなつ忠兵衛の後ろ姿が頼もしくみえる。

あらかじめ打ちあわせてあった真北の清水曲輪へ達すると、城のほうから長大な木橋が落ちてきた。

「おうい、早く渡れ」

濠の向こうで、大吉と房五郎が叫んでいる。

騎馬隊が渡りおえると、木橋はぐわんと悲鳴をあげながら闇の空めがけて持ちあがっていった。

敵兵たちは、狐につままれたような顔をしている。

寄手が少ないところだけに、追撃する勇気もない。

もっとも、勇んで攻めよせた途端、落とし穴にはまる運命が待っていた。

七名の強者が討ち死にしたものの、夜襲におよんだ抜刀隊は存分にその役割を果たした。

忠兵衛は仲間の死を悲しみ、泣きつかれたころにやってきた。

「矢背さま、赤星とやりあいましたな」

「なかなかに手強いやつだ。忠兵衛どのに救ってもらわなんだら、今ごろは槍で串刺しにされておったところさ」

「ところで」

忠兵衛は言いづらそうに、顔を寄せてくる。

「丘の上でのはなし、聞かなかったことにしてくだされ」

「何のことかな。もしや、娘御のことか」

「いかにも。おもいだすだに恥ずかしゅうござる。自分が死んだらどうのと、未練たらしいことを申しました。くそっ、穴があったらはいりたい」

「穴ならそこにあるぞ」

蔵人介は、曲輪に掘られた落とし穴の場所を指差した。

気づいてみれば、東の空がうっすら白みはじめている。

「矢背さま、腹が減りましたな」

「そうだな、雉子汁の残りでも貰うか」

ふたりは肩を並べ、土を盛った落とし穴のうえを通りすぎていった。

十二

天に敵兵の怒声が響きわたる。

――ぬわああ。

夜明けとともに、総攻撃がはじまった。

防備の手薄な清水曲輪が狙われ、ついに、敵兵の一団が曲輪内へ雪崩れこんできたのだ。

城兵とのあいだで、激しい白兵戦がはじまった。

逃げる味方の背中を追い、敵兵たちは落とし穴に落ちていく。

「うわああ」

罠にはまるたびに怯みをみせたが、敵の数はあまりに多く、曲輪を放棄せざるを得なかった。

やがて、追手門の東の楽屋曲輪にも敵兵が殺到し、二ノ丸が攻めたてられはじめた。

いたるところで櫓が崩れ、敵は下敷きになっていく。

二ノ丸が落ちれば、本丸に敵の手がおよぶのは火をみるよりもあきらかだ。

「右近よ、どういたす」

本丸の御座所では、佐平が橘に決断を迫っていた。

大吉の仕掛けた最後の一手は、みずから川の堰を切り、城を水没させることにある。

一部の者は隧道から逃げられようが、城兵たちにも多くの犠牲が出ることはわかりきっていた。

「それとも、城を枕に死んでやるか」

「いいえ、それはなりませぬ。勤番士がひとり残らず死のうとも、上様は生きのびねばなりませぬ」

「ならば、堰を切るのか」

「やむを得ませんな。高橋大吉」

大吉は橋に呼ばれ、床に平伏した。

「はは」

「かねてからの企てどおり、金山衆を連れてこれより城を抜けだし、笛吹川と荒川の堰を切るのじゃ」

「は」

返事をしつつも、大吉は動かない。

「どうした。早う向かわぬか」

「恐れながら」

「何じゃ」

「堰へたどりつくまで、一刻の猶予がござります。もし、そのあいだに援軍が来たら、堰を切らずともよろしゅうござりますか」

「援軍など来ぬわ」

ぴしゃりと言いはなち、橘は横を向く。

大吉は末席に控える蔵人介にもお辞儀《じぎ》をし、御座所をあとにした。

橘は佐平に向きなおる。

「上様、では、出立のお仕度を」

「嫌じゃ。わしは城に残り、勤番士たちと生死をともにする」

「何と」

橘は佐平をみつめ、ごくっと唾を呑んだ。

蔵人介も驚いている。

もはや、佐平は佐平でない。

恵林寺の家慶と入れかわったのではないかと錯覚した。

橘はお辞儀をする。

「それでこそ徳川家の棟梁。いやはや、立派な御心掛けにござりまする。されど、ここはまげて拙者の諫言をお容れくださりませ。もはや、一刻の猶予もなりませぬ」

最後は急きたてられるように、佐平は御座所をあとにした。

廊下に踏みだしたところへ、血だらけの物見が飛びこんでくる。

「注進にござります。二ノ丸が落ちました。敵は……敵は、本丸の銅門と鉄門に齧りついてござります」

「わかった。さ、上様。お急ぎなされませ」

佐平と橘は本丸から外に出て、馬継場へと進む。

蔵人介はふたりの背を見送り、物見櫓へ向かった。

「矢背蔵人介」

遠く馬上から、橘が叫んでいる。

「何をしておる。早う来ぬか」

蔵人介は襟を正し、深々とお辞儀をした。

最初から、ふたりといっしょに逃げるつもりはない。

最後のひとりになるまで戦いぬき、城を枕に死ぬのだと決めていた。

橘は大きく溜息を吐き、がっくり肩を落とす。

そして、佐平とともに隧道へ通じる仕寄道に馬首を進めていった。

蔵人介はひとり、物見櫓にのぼった。

今や、敵兵は波のように溢れ、本丸に押しよせつつある。

凄まじい眺めだ。

が、もうすぐ、すべては水のなかに沈んでしまう。

敵も味方も泡沫と消え、城も消えてなくなり、何事もなかったように戦いは終わりを告げるのだ。

「大吉よ、上手くやれ」

蔵人介はなぜか、清々《すがすが》しい気分だった。

もちろん、この世に未練がないと言えば嘘になる。

志乃や幸恵の悲しむ顔など想像したくもないし、頼りなげな鐵太郎の将来も案じられた。

だが、贅沢は言うまい。

人はいずれ死ぬ。死に場所を得られただけでも、よしとせねばならぬ。

「ふっ」

蒼天を見上げれば、白い雲が呑気《のんき》に流れている。

死ねば、あの雲になることができるのだろうか。

それにしても、妙に静かだ。

蔵人介は我に返り、城郭の外を透かしみた。

何もかもが燃えている。

流麗な裾野《すその》をひろげた富士山までもが、深紅に燃えあがってみえる。

「おや」

櫓から身を乗りだした。

焼け野原の向こうにつづく街道筋から、赤備えの軍団が陽炎《かげろう》のように揺れながら近づいてくる。

「あっ」

蔵人介は目を擦った。

何度擦っても、まぼろしとなって消えることはない。

「井伊掃部頭さまの軍勢だ」

援軍にまちがいなかった。

「うわあああ」

眼下から、大地を揺るがすような歓呼《かんこ》が聞こえてくる。

「援軍だ。御大老の援軍がやってきたぞ」

城兵たちは戦うのも忘れ、声をかぎりに叫んでいた。

敵は意気消沈《いきしようちん》し、潮が引くように城から離れていく。

橘が馬を操り、佐平とともに戻ってきた。

「蔵人介よ、越前守さまより伝令が届いたぞ。恵林寺から上様を無事にお救いしたそうじゃ。うはは、これより本丸にて、上様をお迎えする。仕度いたせ」

そのとき、櫓の下に人影がひとつ忍びよった。

赤星廉也だ。

士気を殺《そ》がれた敵兵たちが撤退するなか、たったひとりで公方の首を獲りにきたらしい。

「させるか」

蔵人介は、梯子を滑りおりた。

赤星は一足飛びに迫り、馬上のふたりに襲いかかる。

「猪口才《ちよこざい》な」

橘が抜刀し、刃向かっていった。

赤星は目もくれず、佐平に飛びかかる。

「やめろ。そやつは影だ」

蔵人介の声に、赤星が振りむいた。

口端を吊って笑い、はっとばかりに馬の背へ飛びのる。

そして、佐平の後ろにまわりこみ、白刃を喉笛《のどぶえ》にあてがった。

橘は足蹴にされて地べたに落ち、皺顔を亀のように持ちあげる。

「鬼役も言うたとおり、そやつは哀れな百姓じゃ。助けてやれ。無駄な殺生《せっしょう》は止めるのじゃ」

「耄碌《もうろく》爺め、わしを謀《たばか》る気じゃな。こやつが影なら、本物の首をまた狙うてやるまでじゃ。そいっ」

ぱっと、鮮血が散った。

「うわっ、何をする」

佐平は喉笛を裂かれた。

「許さぬ」

蔵人介は怒りを沸騰させ、赤星に向かって駆けよせる。

「ふほっ、鬼役め、来るか」

「おぬしだけは生かしておかぬ」

怒りは火の玉となり、赤星を瞬時に包みこむ。

刀と刀は、かち合うこともなかった。

ふたりは擦れちがい、すでに、蔵人介は国次を鞘に納めている。

「ぐおおお」

吼える赤星の両腕が、ぼそっと地に落ちた。

さらに首が落ち、意志を失った胴が仰向けに倒れていく。

ゆっくりと遠ざかる馬の背には、屍骸となった佐平が乗っていた。

「……佐平よ、大儀《たいぎ》であった」

橘右近の発したはなむけのことばが、虚しく聞こえて仕方ない。

「すまぬ」

蔵人介は頭を垂れ、謝ることしかできなかった。

十三

六日後、皐月《さつき》六日。

徳川家慶は水野忠邦や土井利位などの家臣団を引きつれ、甲州街道をたどって江戸城へ舞いもどった。

大御所家斉との対面部屋は、本丸の白書院であった。

案内の城坊主に導かれ、壮麗な大広間の外周を廻って松之廊下へ向かい、玉砂利《たまじやり》の敷きつめられた中庭を眺めながら進むと、沈香《じんこう》の香りが廊下にも漂ってきた。

白書院は大広間についで格式が高く、上段之間、下段之間、帝鑑《ていかん》之間、連歌《れんが》之間からなる。上段之間の北面と東面の壁は金箔に彩られ、いにしえの唐土《もろこし》を統治した皇帝の故事に基づく帝鑑図が格調豊かに描かれている。

橘右近は側近として、家慶に随伴を許された。

蔵人介も橘に命じられ、上段之間西脇の武者隠しに詰めた。

武者隠しとはいえ、壁に穿《うが》たれた飾り窓が江市屋格子《えいちやごうし》になっている。先方からはみえにくいものの、こちらからは書院内の様子がつぶさにわかった。

将軍が座るはずの上段之間には、大御所の家斉が鎮座《ちんざ》していた。

海馬《とど》のような腹を突きだし、何食わぬ顔で息子の帰還を喜んだ。

そのときに交わされた父子のやりとりを、蔵人介は忘れることができない。

家斉は息子の帰城に忸怩《じくじ》たるおもいを抱きつつも、うわべだけは上機嫌にふるまっていた。

「おお、ほほほ。家慶どの、よくぞ無事に戻ってこられたな。それでこそ、武家の棟梁じゃ」

家慶は腰を浮かせた家斉を押しのけ、上座にでんと腰をおろした。

そして、唖然《あぜん》とする父をじろりと睨みつけ、低い声で威《おど》しあげたのだ。

「こうして首と胴が繋がっておりますのも、大権現さまのご加護によるものでござる。父上も生きておられるうちに、日光山へ詣でなさるとよい」

「ふっ、考えておこう」

家斉の背後には、影のように控える老人がいた。

中野碩翁である。

「碩翁か」

家慶は眦《まなじり》を捻りあげ、腹の底から怒声を発した。

「おぬしがなにゆえ、本丸におるのじゃ。本日より、城への伺候《しこう》を禁ずる。向島の荒《あば》ら屋《や》にでも蟄居《ちっきょ》しておれ」

公方の逆鱗《げきりん》に触れ、碩翁は小さいからだをさらに縮めるしかなかった。

家慶はことばを失う家斉に向きなおり、昂然《こうぜん》と発してのけたのである。

「ご用がお済みのようなら、西ノ丸へお帰りいただきたい。本丸は天下を統べる将軍の居場所にござる」

家斉は怒りで顎を震わせながらも、抗おうとはしなかった。

一気に十も老けてしまったかのような大御所の顔が、今も瞼の裏に焼きついている。橘もこのときばかりは溜飲《りゅういん》を下げ、胸の裡で家慶に喝采《かっさい》を送っているようだった。

おたがいの立場を際立たせた父子の対面から、三日目の朝を迎えている。

家慶は中奥御小座敷において、姉小路ならびに慈雲と対面することになった。

そもそも、こたびの日光社参は、このふたりにけしかけられたようなものだ。

ことに姉小路は、家慶が帰城したときから「申しひらきがしたい」と目見得をのぞんでいたが、家慶が疲労を理由に会おうとはしなかった。

繰りかえすようだが、姉小路は家慶の御簾中《ごれんじゅう》として輿入れした楽宮喬子女王付の小上臈として江戸城へはいった。四十を超えた大年増になっても、輝かんばかりの美貌を保っている。ゆえに、色仕掛けで家慶を籠絡し、大奥の上臈御年寄として並ぶ者のない権勢《けんせい》を手に入れていた。

愛《いと》しい姉小路の口添えならと、慈雲は伽衆の列にくわえられたのだ。

推挙されただけのことはあって、慈雲は家慶に取りいるのが上手く、中奥の舵取りを任されるまでになった。

ところが、こたびの社参進言でつまずいた。

苦難の連続であった道中をともに過ごすこともなく、安全なところでのうのうと待っていたことも、家慶の心証《しんしよう》を悪くさせていた。

にもかかわらず、目見得が許されたのは、ふたりの知らぬ理由があってのことだ。

御小座敷では人払いがおこなわれ、家慶が上段之間に座り、姉小路と慈雲のふたりは下段之間で平伏することになった。ところが、御小座敷における面談の一部始終を、上段之間の後ろにつくられた武者隠しから、四つの目がみつめていた。

もちろん、家慶公認のうえでのことだ。

ひとりは蔵人介、もうひとりは猿彦であった。

武者隠しは薄壁一枚隔ててつくられており、巧みに覗き穴が穿《うが》たれている。

家慶の背中までは半間ほどしかなく、対面の様子は手に取るようにわかった。

双方が対座《たいざ》したあと、最初に口をひらいたのは、姉小路であった。

「上様、どうか、慈雲をお許しください。たしかに、上様が難儀《なんぎ》する要因をつくったやもしれませぬが、日光山に詣って大権現さまの御霊を安んじなされたからこそ、こうして、ご無事に帰城なされたのでござりまする」

「わしは辛酸《しんさん》を嘗《な》めたのじゃぞ。それに、わしひとりのことよりも、敵方にそそのかされた関東諸藩の仕置きをせねばならぬ。ま、大目にみてやるつもりじゃがな、腹を切らねばならぬ重臣もあろうし、減封《げんぽう》を免れぬ藩も出てこよう」

すかさず、慈雲が額を擦りつける。

「へへえ、このとおりにござりまする。どうか、お許しくだされませ」

家慶は脇息にもたれたまま、ぱちんと扇を閉じた。

「もうよい、わしは怒ってなどおらぬ。それよりも、姉小路よ、もそっと近う寄れ。ほれ、おまえのうなじの匂いをな、どうしても嗅ぎたくなったのじゃ」

「あらまあ、お戯れを」

姉小路は袖を口に当てて笑い、つつっと膝を滑らせてくる。

「遠慮いたすな、もそっと近う。手が触れるところまで来よ」

「お待ちくだされ、これでも急いでおるのでござりますよ。さあ、上様、このあたりでよろしゅうござりますか」

姉小路は家慶の膝に白魚《しらうお》のような手を乗せ、しなだれかかってくる。

「ふふ、それでよい」

家慶は小鼻をひくつかせ、うなじの匂いを嗅ごうとする。

「ん、ちがうな」

「えっ、何がちがうのでござりましょう」

「匂いじゃ。姉小路の匂いではない。これは腐った魚の臭いじゃ」

姉小路の顔が般若に変わった。

「抜かせ、家慶」

がばっと立ちあがり、面の皮をべりっと剝ぎすてる。

あらわれた顔は静原冠者の束ね、よきのものであった。

「出おったな、化け猫め。おぬしに唇を吸われたことがあるぞ。日光山の本坊でな」

「おぬし、影か」

「わしは望月宗次郎じゃ。ほれ来い」

「死ね」

よきは斧を抜きはなち、上から振りおとしにかかる。

宗次郎は後ろに跳ね、ぴたりと壁に背中をくっつけた。

「覚悟せよ」

斧が光った。

刹那、宗次郎の右脇下から壁を破り、槍の穂先が飛びだしてきた。

「うっ」
鋭利な穂先はよきの左胸に刺さり、背中へ突きぬける。
何が起こったのか、後ろの慈雲にもわからない。
宗次郎が横に跳ねとんだ。
——どんっ。
壁が蹴倒され、ふたつの人影が転がりこむ。
薄い壁越しに槍を突きだしたのは、蔵人介だった。
よきは串刺しにされたまま畳に座り、こときれている。
慈雲は袂をひるがえし、廊下へ逃げだそうとした。
ところが、襖障子を隔てた向こうには、家慶の御庭番たちがずらりと控えている。
「逃がすか」
猿彦が飛びかかった。
慈雲はふわりと浮きあがり、天井に張りつく。
「はっ」
猿彦も畳を蹴って跳躍し、拳で天井をぶち破った。
慈雲は一瞬早く舞いおり、壁を背にして笑う。

「ふふ、鬼と猿め、それで罠に嵌めたつもりか」

猿彦が吐きすてる。

「おぬし、火助を殺ったな」

「なぜわかった」

「水野越前に聞いたのよ。おぬしが陰陽師の呪《まじな》いを唱えたとな。火助ほどの男を殺れるのは、まやかしの術を使う伽坊主しかおらぬ」

「それで、かような罠を仕掛けたのか」

「ああ、そうだ。切羽《せっぱ》詰まった悪党はつるみたがる。よきと謀り、公方の首を狙うと踏んだのよ。姉小路どのはおぬしに毒を盛られ、大奥で臥《ふ》せっておいでじゃ。それを知らぬとおもったか、莫迦め」

「猿のくせに、よう喋るな。おぬしに、わしが捕らえられるか」

慈雲は手にした苦無《くない》を畳に刺し、畳返しをやりはじめた。

「ふえい」

畳が立ちあがってくるたびに、猿彦は丸太のような足で蹴破る。

三枚ほど蹴破ったところで、慈雲はふっとすがたを消した。

「くそっ、逃がしたか」

猿彦が臍《ほぞ》を嚙む。

蔵人介は片膝をつき、じっと目を瞑《つむ》った。

ぴくっと、片耳が動く。

「そこだ」

横の白壁に向かって、国次の先端を突きたてた。

何の変哲もない壁に、じわっと血が滲んでくる。

白い布が剝《は》げおち、伽坊主の屍骸が転がってきた。

「へへ、さすが鬼役だぜ」

慈雲は腹を串刺しにされ、苦しむ暇もなく逝った。

「ふたりとも、ようやってくれた」

上座に立った宗次郎が、公方気取りで言いはなつ。

「鬼と猿に、また助けられたわ」

「ふん、生意気なやつめ。所詮、おぬしは影であろうが」

猿彦に毒づかれ、宗次郎は頭を搔いた。

十四

往来に捨てられた菖蒲刀《しょうぶがたな》は、きれいに片づけられた。

露地裏に耳を澄ませば、鬼灯《ほおずき》売りや心太《ところてん》売りの売り声が聞こえる。

江戸の市中が夏の装いとなりゆく梅雨晴れの午後、蔵人介は懐かしい御納戸町の我が家へ戻ってきた。

庭のほうから、鐵太郎の元気な声が響いてくる。

「えい、やあ。えい、やあ」

甲府城外の夜戦にのぞむとき、岩間忠兵衛に言われたことをおもいだす。

——濃はご子息の鐵太郎どのを恋慕しておるようでな。

そのことばを鐵太郎に伝えたら、さぞかし喜ぶであろうな。

庭へおもむくと、これもまた懐かしい顔が待っていた。

「おう、串部、生きておったか」

「はい、どうにか」

日光山の混乱から逃れ、懸命に蔵人介たちの足跡を追ったが、ついにみつけることができなかった。

「まさか、甲府へ行かれたとは夢にもおもわず」

「いいさ。おぬしが無事なら、それでいい」

ともに甲府城へ向かっていたら、串部は死に花を咲かせていたかもしれない。それをおもえば、むしろ、日光山ではぐれたことを天に感謝すべきであろう。

「こたびは活躍の場が少なく、淋しゅうござりました」

「まあ、そんなときもあるさ」

「宗次郎さまは、見事に影のお役目を果たされたようでござりますな」

「あいつにしては上出来だ」

「こたびの褒美に、何でも、城持ち大名になられるとか」

たしかに、そういうはなしもあった。

家慶が実子である宗次郎から受けた恩に報いたいと、下野にある小藩の嗣子《しし》として養子縁組をしてもよいと漏らしたのだ。

「やつは断った」

「へっ、大名になるのを断ったので」

「ああ。例幣使の山井氏綱どのに従《つ》いて、京へ行きおった。公家の娘と懇《ねんご》ろになり、貧乏公家の養子にでもなるとほざいてな」

「ふっ、あの方らしい」

「京には猿彦もおる。遊び相手には事欠かぬだろうさ。ついでに言っておくと、槍の九郎こと松岡九郎左衛門は、類《たぐ》い希《まれ》なるはたらきにより、家慶公から直々に大般若長光を下賜《かし》されたぞ」

「ほほう、それは羨ましい」

九郎左衛門は長光を背負い、意気揚々《いきようよう》と八王子へ戻っていった。

その後ろ姿を頭に描けば、ふたりの顔から笑みがこぼれてくる。

庭には鐵太郎を叱る志乃の声が響いていた。

幸恵も庭に降りたち、紅く色づきはじめた皐月に水をやっている。

ふたりは蔵人介を目敏くみつけ、何やらそわそわしはじめた。

こたびの活躍で金一封の下賜を受けたのを知っているのだ。

最初にはなしかけてくるのは、いつも幸恵の役目だった。

「お殿さま、お義母《かあ》さまからお願いの儀がございます」

「何だ、あらたまって」

「たまには、お殿さまのように、お江戸から逃れたい。世知辛《せちがら》い世の中から逃げだしたいのだそうです」

「江戸を逃れてどこへ行く」

「湯にでも浸かりにまいらぬかと仰せです」

「湯治《とうじ》か、なるほど」

乗ったふりをすると、志乃が我慢できずに割りこんできた。

「箱根《はこね》にはまいったことがあるゆえ、石和あたりはいかがであろうか」

「石和でござりますか」

それだけは勘弁してほしい。

当面は甲州街道を戻りたくはなかった。

勝手にあれこれ相談しはじめるふたりを尻目に、蔵人介は可愛い息子のもとへ近づいていく。

「鐵太郎、岩間忠兵衛どのはおぼえておるな」

「はい。父上が拙者の剣術の師とお定めになった方にござります」

「そうじゃ。師の岩間どのから、おぬしに言伝《ことづて》を預かってきたぞ」

「何でござりましょう」

黒目がちの眸子を輝かせる鐵太郎にたいし、蔵人介は師のことばを伝えた。

「一日千回の素振りを欠かさぬようにとのことだ」

「はあ」

期待していた内容とちがったのか、鐵太郎はがっくりうなだれ、一心不乱に素振りをやりはじめる。

「いや、たあ」

蔵人介には、忘れられない光景がひとつあった。

甲府城内へ援軍が颯爽《さっそう》と入城してきた直後のことだ。

家慶は影武者の佐平が亡くなったのを知り、わざわざ、亡骸《なきがら》のもとへ足を運んだ。

そして、大粒の涙をこぼしながら、手篤《てあつ》く葬ってやれと仰せになったのだ。

あのひとことで、佐平は報われたにちがいない。


これから五年後の天保十四年卯月、徳川家の歴代将軍を通じて最後となる日光社参が家慶によっておこなわれた。大御所家斉が逝去《せいきょ》して二年後のことだ。覚書《おぼえがき》によれば、このときの社参に要した供人の数は二十万人におよび、費用は二十万両を超えるものであったという。

家慶の日光社参は一度きりで、そのとき以前におこなわれた社参に関する記述はどこにもない。ただ、奥医師某の歳時記に「天保九年卯月十七日　公方は流行病《はやりやまい》に罹って床に臥せり　のち酒風呂に浸かって本復」とだけ記されてあった。

甲府城の籠城戦は、家慶が病床でみた悪夢だったのであろうか。

いや、ちがう。そうであるはずがない。

「えい、やあ」

鐵太郎の掛け声を聞きながら、蔵人介は蒼天を見上げた。

皐月晴れの空には、白い雲がぽっかり浮かんでいる。

どことなく、甲府城にみえた。

「張り子の城か」

こたびの籠城戦を耐えぬいた甲府勤番の城兵たちと金山衆は、手柄一等により家慶から褒美を与えられた。ある者は江戸に戻って昇進を果たし、ある者は金品を得て甲府に住むことを決意した。

岩間忠兵衛と曽根房五郎、そして高橋大吉は、今のところ、甲府に骨を埋めるつもりだという。

いずれにしろ、外され者として腫《は》れ物のように扱われてきた勤番士たちは、侍にとって何よりもたいせつな矜持《きょうじ》を手にした。

みずからを誇ることができる何かさえあれば、どのような苦難にもめげずに立ちむかっていける。勤番士たちに揺るぎない自信を与えられたことが、公方家慶の唯一の功績であったかもしれない。

蔵人介は、心底から清々しい気分を味わっている。

艱難辛苦《かんなんしんく》の旅も、終わってみれば何やら懐かしい。

何もかもがすべて、まぼろしのような出来事にすら感じてしまう。

「不思議なものだな」

空に浮かぶ白い雲はかたちを変え、ゆっくりと風に流されていった。

光文社文庫

文庫書下ろし／長編時代小説

血《けつ》　路《ろ》　鬼役《おにやく》 十

著者　坂《さか》　岡《おか》　真《しん》

2013年11月20日　初版1刷発行
2022年8月5日　6刷発行

発行者　鈴木広和
印刷　堀内印刷
製本　榎本製本

発行所　株式会社 光文社
〒112-8011　東京都文京区音羽1-16-6
電話 (03)5395-8149　編集部
8116　書籍販売部
8125　業務部

ISBN978-4-334-76652-8　Printed in Japan

組版　萩原印刷

鬼役メモ

画・坂岡 真

※ページ内側にあるキリトリ線で切って、備忘録にお使い下さい。

キリトリ線

キリトリ線

鬼役メモ

画・坂岡 真

※ページ内側にあるキリトリ線で切って、備忘録にお使い下さい。

鬼役メモ

画・坂岡 真

※ページ内側にあるキリトリ線で切って、備忘録にお使い下さい。

キリトリ線

キリトリ線

鬼役メモ

画・坂岡 真

※ページ内側にあるキリトリ線で切って、備忘録にお使い下さい。